THE QUEEN OF CRIME
繁體中文版
20 週年
紀念珍藏

國際學舍謀殺案

著——阿嘉莎・克莉絲蒂
譯——徐燕軍

Hickory, Dickory, Dock

通俗是一種功力

吳念真（導演、作家）

通俗是一種功力。絕對自覺的通俗更是一種絕對的功力。

這樣的話從我這種俗氣的人的嘴巴說出來，大概很多人要笑破褲底了。不過，笑完之後請容我稍稍申訴。這申訴說得或許會比較長一點，以及，通俗一點。

小時候身材很爛，各種遊戲競爭完全任人宰割，唯一隱遁逃避的方法是躲起來看書或聽大人瞎掰。那年頭窮鄉僻壤的小孩能看的書不多，小學二年級時最喜歡的是超大本的《文壇》，老師借的。看著看著，某天老師發現我的造句竟出現：「捧著：朝陽捧著一臉笑顏為群山剪綵」這樣亂七八糟的文字，就拒絕再讓我看那些超齡的東西了。

老師的書不給看，我開始抓大人的書看。一種是厚得跟磚塊一樣的日文書，對我來說那完全是天書，但插圖好看，經常有限制級的素描。另一種書是比較薄的，通常藏得很嚴密，只是裡面有太多專有名詞、重複的單字和毫無限制的標點，比如「啊啊啊」、「……！！！」

老讓我百思不解。有一天，充滿求知欲地詢問大人竟然換來一巴掌後，那種閱讀的機會和樂趣也隨著消失了。

所幸這些閱讀的失落感，很快從大人的龍門陣中重新得到養分。講到這裡，我似乎先得跟一個村中長輩游條春先生致敬，並願他在天之靈安息。

我所成長的礦區，幾乎全是為著黃金而從四面八方擁至的冒險型人物，每人幾乎都有一段異於常人的傳奇故事。這些故事當事人說來未必精采，但一透過游條春先生的嘴巴重現，有時連當事人都聽得忘我，甚至涕泗縱橫，彷彿聽的是別人的故事。

條春伯沒當過日本兵，可是他可以綜合一堆台籍日本兵的遭遇，一如連續劇般從入伍、受訓、逃亡荒島，面對同鄉同袍的死亡，並取下他們的骨骸寄望帶回故鄉，乃至骨骸過多搞不清哪是誰的等等，讓聽的人完全隨他的敘述或悲或笑，彷彿跟他一起打了一場太平洋戰爭。此外他也可以把新聞事件說得讓一個三、四年級的小孩，到現在仍記得當時腦中被觸動的畫面。例如當年瑠公圳分屍案的凶手做案之後帶著小孩到安東街吃麵（這讓我一直以為台北的安東街是條專門賣麵的街道），還有甘迺迪總統被暗殺、賈桂琳抱住她先生、安全人員跳上飛快的車子保護賈桂琳……當然，這記憶全來自條春伯的嘴巴而不是報紙。我的記憶全是畫面，有畫面，是因為條春伯說得精采，說得有如親臨他至死都還搞不清地理位置的達拉斯命案現場。

於是這小孩長大後無條件地相信：通俗是一種功力，絕對自覺的通俗更是一種絕對的功力。透過那樣自覺的通俗傳播，即使連大字都不識一個的人，都能得到和高階閱讀者一樣的感動、快樂、共鳴，和所謂的知識、文化自然順暢的接軌。也許就是因為這些活生生的例子，俗氣的自己始終相信：講理念容易講故事難，講人人皆懂、皆能入迷的故事更難，而能隨時把這樣的故事講個不停的人，絕對值得立碑立傳。

條春伯嚴格地說是有自覺的轉述者，至於創作者，我的心目中有兩個。一個是日本導演山田洋次，一個是推理小說家阿嘉莎．克莉絲蒂。

山田洋次創造了寅次郎這個集合所有男人優點跟缺點的角色，在以《男人真命苦》為名的系列下，總共完成百部左右的電影。它們的敘述風格、開頭、結尾的方法不變，唯一改變的是故事，是時代，是遍歷日本小鄉小鎮的場景。數十年來，看《男人真命苦》幾已成為日本人每年的一種儀式，一如新春的神社參拜。

數十年前訪問過山田導演，他說，當他發現電影已然有它被期待的性格時，電影已經不是導演自己的。他說：當所有人都感動於美人魚的歌聲時，你願意為了讓她擁有跟你一樣的腳，而讓她失去人間少有的嗓音嗎？

人間少有的嗓音與動人的歌聲，都來自山田導演絕對自覺的通俗創造。

再如阿嘉莎．克莉絲蒂，如果我們光拿出她說過的故事和聽過她故事的人口數字，就足以嚇死你。五十多年的寫作生涯，她總共寫出六十六本長篇推理小說，外加一百多篇短篇小說和劇本。其中有二十六本推理小說被改編，拍了四十多部電影和電視劇集。作品被翻譯成一百零三種文字的版本，銷量超過二十億本。

夠了。你還想知道什麼？知道二十億本的意義是什麼嗎？二十億本的意義是全世界平均三個人就有一個人讀過她的書，聽過她說的故事。

說來巧合，她和山田洋次一樣，創造出個性鮮明的固定主角（當然，前前後後她弄出來好幾個），然後由他（或是她）帶引我們走進一個犯罪現場，追尋真正的罪犯。

故事就這樣？沒錯，應該說這是通常的架構。那你要我看什麼？不急，真的不急，克莉絲蒂會慢慢冒出一堆足夠讓你疑惑、驚嚇、意外，甚至滿足你的想像力、考驗你的耐心和智商的事件來。

推理小說不都是這樣嗎？你說得沒錯，大部分是這樣，不一樣的是……對了，她像條春伯，像山田洋次，她真會說，而且她用文字說。

文字的敘述可以讓全世界幾代的人「聽」得過癮、「聽」個不停，除了聖經，也許就是克莉絲蒂。她不是神，但她真的夠神。

數十年前，台灣剛剛出現她的推理系列中譯本，那時是我結婚前，常有同齡的文藝青年來我租住的地方借宿，瞄到我在看克莉絲蒂，表情詭異地說：「啊？你在看三毛促銷的這個喔？」

我只記得他抓了一本進廁所，清晨四點多，他敲開我的房門說：「幹，我實在很討厭那個白羅……再拿一本來看看，我跟你說真的，要不是你的書，我真的很想把那個矮儸壓到馬桶吃屎！」

我知道他毀了，愛吃又假客氣，撐著尊嚴騙自己。克莉絲蒂再度優雅地撕破一個高貴的知識份子的假面具，她的手法簡單，那手法叫通俗，絕對自覺的通俗，無與倫比、無法招架的功力。

昔日的文藝青年如今跟我一樣，已然老去，但不時還會看到他寫一些充滿理念和使命感極重的文章，在報紙和雜誌上出現。我知道他要說什麼，只是常常疑惑他想跟誰說；同樣，我記得他說過什麼，但轉眼間忘記他說了什麼。但請原諒我，幾十年前那個晚上，他在我家看完的那兩本克莉絲蒂的小說內容，我可還記得清清楚楚。

也許有一天再遇到他的時候，我會問他之後是否還看過克莉絲蒂其他的書，如果沒有，我會跟他說，想讀要趁早，因為你會老、會來不及。至於白羅那個矮儸，大概永遠不會消失。哦，對了，還有一個叫瑪波，你說不定會來不及認識……

老派偵探之必要

冬陽（推理評論人，台灣推理作家協會理事長）

「讀者非常喜歡白羅這個人物，表示『那個開朗的小個子，過氣的比利時名偵探』。顯然白羅是這本小說受歡迎的一個原因，雖然白羅可能不贊同用『過氣』二字來形容他。」知名編輯兼作家經紀人約翰・柯倫（John Curran）在《阿嘉莎・克莉絲蒂的秘密筆記》一書如是說，文中提到的「這本小說」，正是克莉絲蒂初試啼聲、名偵探赫丘勒・白羅優雅登場的《史岱爾莊謀殺案》，一部於一個世紀前出版的偵探推理作品。

百年光陰的淬鍊顯然證明了白羅絕無過氣的疲態，連帶讓我聯想起電影《金牌特務》（*Kingsman*）上映後，大眾熱議西裝如何能帥氣俊挺歷久不衰——或許可以從這個切入角度，在這裡跟老書迷、新讀友探究這個蛋頭翹鬍子偵探（我沒有影射哪款洋芋片食品喔）的魅力所在。

且讓我們話說從頭。

「我敢打賭你寫不出好的推理小說。」一九一六年，阿嘉莎．米勒（克莉絲蒂婚前的舊姓）在媽媽的打字機上敲擊，打算回應姐姐梅姬這挑釁的話語。她努力嘗試，但故事寫得不好，於是改從身旁熟悉的事物著手——比方說毒藥。阿嘉莎在藥房工作過，曾在某個夜裡驚醒，匆匆回到調劑室重新配置，因為她不記得有沒有漏做一個重要步驟，否則病患就要去見閻王了——噢，這似乎是個謀殺好點子。

阿嘉莎還記得姨婆對她的叮嚀：要注意他人覬覦她珍藏的首飾，時時留意是不是有人偷偷拉長了耳朵聽她們的竊竊私語。小阿嘉莎不但執行得徹底，還把這個習慣寫進小說裡。同時她還注意到，因為世界大戰爆發，家鄉托基湧入許多比利時難民，不如讓一個逃難到英國的比利時退休警官擔任偵探？一定很有趣！

啊，偵探小說顧名思義，只要塑造出一個教人印象深刻的偵探，大概就成功一半。這個人物必須要有特色、有個性，甚至是怪癖，而且聰明又自負。好幾個名字浮現在她腦海裡：莫里斯．盧布朗（Maurice Leblanc）筆下的怪盜紳士亞森．羅蘋、卡斯頓．勒胡（Gaston Leroux）創造的新聞記者胡爾達必，當然還有那最最知名的夏洛克．福爾摩斯——連帶創造一個華生型的助手好了。該怎麼安排呢……

於是，一位偵探的樣貌漸漸成形：五呎四吋的小個兒，蛋型臉上蓄著保養得宜、梳理有型的鬍子，衣著一塵不染，漆皮鞋擦得錚亮。他有嚴重的潔癖，說話不時夾雜法語，喜歡成雙成對的東西，喜歡方的不喜歡圓的（雞蛋為什麼不是方的呢？），口頭禪是「動動灰色的腦細胞」。阿嘉莎心想，他應該要有個像福爾摩斯一樣響亮的名字，取名「赫丘勒斯」怎麼樣？希臘神話中的大力士。姓氏叫白羅，不過搭赫丘勒斯這個名字好像不配……改一下，赫丘勒・白羅好像不錯？就這麼定了吧！

白羅很聰明，懂得觀察入微沒錯，但這並不表示他就得是台獨尊腦袋、缺乏情感的冰冷思考機器，尤其要在人物關係錯綜複雜的莊園宅邸查案追凶，交際手腕得高明些才行。他不是在謀殺發生、屍體出現後才開始像頭獵犬四處嗅聞，而是憑藉旺盛的好奇心與強烈的同理心接觸各種人事物，進而探入被害者、犯罪者、各個看似無辜但多少都和事件沾上邊的關係者的心靈深處，佐以現今稱作鑑識、法醫等等科學鐵證（哎，證據人人知道，可是要怎麼跟真相合理地連結到一塊，這就是名偵探的功力啦），讓原本叫人束手無策的事件得以畫下完美句點。也因此，白羅偶爾能預測進而制止罪案的發生，甚至對殘酷但值得憐憫的罪行網開一面，這樣才合乎人性不是嗎？

婚後以阿嘉莎・克莉絲蒂為名，推出《史岱爾莊謀殺案》後深獲好評，相隔六年的《羅傑艾克洛命案》更是引發街談巷議，而克莉絲蒂全球暢銷前十大作品中，還包括《東方快車謀殺案》、《尼羅河謀殺案》、《ABC謀殺案》、《藍色列車之謎》、《底牌》、《五隻小豬之歌》，合計八部皆由白羅擔綱演出。讀者不只喜愛這個聰明角色，還臣服於平實流暢的文筆及相對顯得衝突的複雜劇情，冷酷的謀殺動機隱藏在細膩的人際關係裡，穿透看似單純、帶點童話氣息的表象後，端賴名偵探明察秋毫、撥亂反正。尤其讓一個比利時人在英國土地上辦案，是克莉絲蒂的小心思，因為「英國人總是不信任外國人，也不相信睿智」（語出英國偵探俱樂部主席馬丁・愛德華茲〔Martin Edwards〕），讀者同兇手一樣輕忽不設防，卻也得到了參與鬥智競賽的意外驚奇和美好滿足。

這樣的閱讀感受，我稱之為「老派偵探之必要」，因為它純粹簡約，經得起反覆咀嚼，猶如前述的西裝革履，在潮流更迭的時間長河裡維持恆久的優雅風範——呼應吳念真先生寫在「策畫者的話」中的一段文字，那不是惺惺作態的高傲睥睨，而是「絕對自覺的通俗，無與倫比、無法招架的功力」所致。

不信？往下讀去就知道。而且我敢打賭，你有很高的比例會將整個白羅系列嗑完，然後是瑪波小姐系列以及其他系列，當然也不可能錯過像名列暢銷首位的《一個都不留》這類獨立之作……

註　克莉絲蒂推理全集一至三十八冊為「神探白羅系列」，三十九至五十二冊為「神探瑪波系列」，五十三至八十冊包含鬼豔先生、湯米與陶品絲、雷斯上校、巴鬥主任等名探故事。

獻詞

阿嘉莎．克莉絲蒂是世界讀者最眾，也最廣受喜愛的女作家。

身為克莉絲蒂的孫兒，我相信奶奶會非常樂見這次出版，

因為她極以自己作品中的趣味與娛樂為豪。

歡迎所有喜歡本系列的台灣新讀者參與這場饗宴！

——馬修．培察（Mathew Prichard）

01

赫丘勒．白羅皺起了眉頭。

「萊蒙小姐。」

「什麼事？白羅先生。」

「這封信出了三個錯。」

他的聲音裡帶著難以置信的口氣，因為萊蒙小姐這個可怕、能幹的女人從來沒出過錯。她沒生過病、從不疲勞、沮喪，未曾發生一點差池。也就是說，她根本不是一個人，她是一台機器——一個完美的祕書。她無所不知、無所不能，她為白羅安排生活作息，以至於他的生活也像機械運作一般。長年以來，白羅的座右銘一直是「條理與方法」，而在完美的男僕喬治和完美的祕書萊蒙小姐的掌理下，條理和方法已然變成了他生活中至高無上的規律。現在一切盡如人意，他實在沒什麼好抱怨的了。

可是今天早上，才打一封簡單至極的信件，萊蒙小姐竟然就出了三個錯，甚至，根本沒發現自己出錯了，這簡直就像太陽打西邊出來一般。

白羅遞出那份出錯的信件，他並不感到生氣，只是有點困惑，這種事根本不可能發生，但它確實發生了！

萊蒙小姐接過信，看著，白羅破天荒第一次發現她臉紅了。她窘態畢露、滿臉紅霞，從臉頰直紅到斑白的髮根。

「噢，天啊，」她說，「我不知道怎麼會……我只能說，都是因為我姐姐的緣故。」

「你姐姐？」

白羅又是一驚。他從來沒想到萊蒙小姐也會有個姐姐，或者說，會有父親、母親甚至祖父母。從某個意義來說，萊蒙小姐就像是機器製造出來的，猶如一部精密的儀器，因此，要說她會有感情、憂慮或是掛心親人的事，聽起來都很滑稽。眾所周知，萊蒙小姐閒暇時的心神全都投注於改良一項歸檔系統，而且打算將來以她的名字來申請專利。

「你的姐姐？」白羅又重複一遍，仍舊帶著難以置信的語調。

萊蒙小姐重重地點了點頭。

「是的，」她說，「我想我沒跟你提過她，她大半生都定居於新加坡，她丈夫在那裡做橡膠生意。」

白羅點點頭。在他看來，萊蒙小姐的姐姐似乎就應該定居在新加坡，新加坡那種地方就是為她而存在。像萊蒙小姐這種女性的姐妹應該嫁給新加坡男人，這樣，萊蒙家的諸位小姐才能將她們像機器般的效能，全心奉獻給世界各地的雇主（當然，也才能在閒暇時從事歸檔系統的發明創造）。

「原來如此，」他說，「繼續說。」

萊蒙小姐接著說：「四年前她成了寡婦，也沒有孩子。我幫她租到一間非常好的小公寓，租金非常公道……」（當然，萊蒙小姐一定會想辦法完成這件幾乎不可能達成的事。）「她的日子過得還不錯，儘管不像以前那麼富有，但她並不崇尚奢華，如果她儉省度日，日子還是可以過得相當舒服。」

萊蒙小姐停了一會兒，又繼續說道：「但事實上，當然啦，她很孤單。她從來沒在英國生活過，在這裡沒有老朋友、姐妹淘，所以生活很空閒。總之，六個月前，她告訴我，她考慮找個工作。」

「工作？」

「當宿舍管理員……我想他們是這樣叫的，或者叫舍監。這家學生宿舍的老闆是個有希臘血統的女人，她想找人替她經營、管理食宿、把那裡的事情安排妥當。那是一間寬敞的老式房子，在山胡桃路，你應該知道那個地方。」白羅並不知道。「那裡以前是高級住宅區，房子都蓋得不錯。他們提供給我姐姐的食宿條件很好，她有自己的臥室、客廳和一個簡單的廚房浴室……」

萊蒙小姐停了下來，白羅嗯了一聲鼓勵她繼續說下去。到現在為止，這些事聽起來一點也不像是個悲慘故事。

「我不是很贊成她接下這份差事，可是我被姐姐說服了。她一直是個閒不下來的人，而且她做事敏捷、擅長管理──當然，並不能靠它賺大錢，這只是一份領薪水的工作──薪水是不高，但她並不需要高薪，而且這份工作也不會太勞累。她一直很喜歡年輕人，和他們相處得不錯，而且她在東方住了那麼久，很了解種族間的差異和人與人之間的相處之道。那家宿舍的學生來自世界各國，大多數是英國人，但我相信其中有一些是黑人。」

「很自然。」赫丘勒．白羅說。

「現在醫院裡的護士好像大半都是黑人。」萊蒙小姐猶疑地說，「我相信她們比英國護士親切、專心多了……這是題外話。我們認真談過後，我姐姐最後還是搬了進去。我姐姐和我都不太喜歡旅館老闆妮可萊蒂太太，她喜怒無常，有時候滿可愛的，但有時候，很遺憾，正好相反，是既吝嗇又不切實際。當然啦，如果她很能幹，就不會需要別人幫忙了。我姐姐不喜歡別人亂發脾氣，她很能克制自己的情緒，所以也不能忍受別人胡來。」

白羅點點頭。經由萊蒙小姐的描述，他對她姐姐有了粗略的了解；她內在堅強的性格和萊蒙小姐一模一樣，但因為結過婚和新加坡氣候之故，顯然柔軟多了。

「所以你姐姐接下了那份差事？」他問。

「對，她在六個月前搬進山胡桃路二十六號。大體上她還滿喜歡那份工作，覺得挺有趣的。」

赫丘勒．白羅傾聽著。到目前為止，大萊蒙小姐的驚險故事仍平淡得叫人失望。

「但是最近這段時間她一直很憂心，非常煩惱。」

「為什麼？」

「嗯……是這樣的，白羅先生，有些事情她感覺很不妥。」

「宿舍裡是男女兼收，是嗎？」白羅委婉地問道。

「哦，不，白羅先生，我指的不是那個。一般人對那種事情都有心理準備，都預料得到！不，我是說，那個宿舍近來老是丟失東西。」

「丟失東西？」

「對，一些很奇怪的東西……弄丟的方式也很奇怪。」

「你說弄丟東西，是不是指東西被偷了？」

「是的。」

「報警了嗎？」

「沒有，還沒有。我姐姐希望沒這個必要，她喜歡那些年輕人……中的某些人，她寧願自己把事情搞清楚。」

「是的，」白羅體貼地說，「我很了解。但恕我直言，這還是無法解釋你為什麼如此焦慮，在我看來，那正反映了你姐姐的焦慮。」

「我不喜歡那種感覺，白羅先生，真的很不喜歡。我老是覺得有些無法理解的事情正在進行、醞釀，沒有什麼正常的理由可以解釋那些事，而且我也想不出其他原因。」

白羅了然於心地點點頭。

缺乏想像力一直是萊蒙小姐的致命缺點。她毫無想像力，就事論事時她是無可匹敵的，但一涉及推測，她就全然迷惘了。

「不是一般的小偷？也許是個偷竊狂做的？」

「我覺得不像。這個問題我查過《大英百科全書》和一本醫學書籍，」做事一向認真的萊蒙小姐說道，「但也無法讓我信服。」

赫丘勒．白羅沉默了一兩分鐘。

他真的希望捲入大萊蒙小姐的麻煩和那家國際學舍的歡笑悲傷中嗎？但萊蒙小姐打信老是出錯，也的確令人懊惱，而且非常不便……他告訴自己，他之所以插手這件事，原因純在於此。他不承認是自己已經厭倦了近來平淡無味的生活，以致一件小事也能引起他的興趣。

「『大熱天荷蘭芹掉到奶油裡』。」他喃喃自語。

「荷蘭芹？奶油？」萊蒙小姐看起來非常吃驚。

「你們某部文學經典裡的一句話。」他說，「你一定很熟悉夏洛克．福爾摩斯的《冒險史》，更不用說他輝煌的偉業了。」

「你是指貝克街那些傢伙搞的事？」萊蒙小姐說道，「都是成年人了，還那麼幼稚！

但話說回來，男人都是這樣，就像他們玩不膩模型火車一樣。我承認我一直沒時間去讀那些故事，但如果我有時間讀書——雖然不常有——我寧願看一些有益的東西。」

赫丘勒．白羅優雅地頷首表示理解。

「萊蒙小姐，你看邀請你姐姐到我這兒來喝茶聊天如何？譬如喝個下午茶？我也許能給予她一點小小的幫助。」

「你真好，白羅先生，真是太好了。我姐姐下午時間都有空。」

「如果你方便安排的話，那就明天？」

事情說定後，忠實的喬治便遵照吩咐，為明天準備了塗有厚奶油的鬆脆方形烙餅、形狀勻稱的三明治，以及適合下午茶的豐盛英式茶點。

02

萊蒙小姐的姐姐哈伯德太太長得和妹妹非常相像，只是皮膚黃得多，身材更豐滿，髮型較為華麗，行動舉止沒有妹妹那麼乾脆俐落，但她和藹圓臉上的那對眼睛，和萊蒙小姐夾鼻眼鏡後那雙灼灼發光的眼眸一樣精明。

「你人真好，白羅先生，」她說，「真的。茶點也很可口，我想我已經吃太多……好吧，只再吃一份三明治。茶？哦，半杯就行了。」

白羅說：「我們先吃點東西，吃完再談正事。」

他對她微笑，並理了一下自己的小鬍子。哈伯德太太說：「你知道嗎，你完全符合費莉絲蒂描述你時留給我的印象。」

白羅在一陣恍然大悟下，才意識到「費莉絲蒂」竟是嚴肅的萊蒙小姐的教名。白羅回答說，他對萊蒙小姐的精準描述能力毫不懷疑。

「沒錯，」哈伯德太太不經意又拿了一塊三明治說，「費莉絲蒂從來就不關心人的事，但我不一樣，所以我才會這麼擔心。」

「可以說明一下你在擔心什麼嗎？」

「好的，可以。錢財被偷是很正常的事，這裡、那裡總有人掉了錢；珠寶掉了也是很容易理解……我不是指這是件正當的事，絕不是，不過那也經常發生，有些人就是偷竊成性、不老實。但是我可以告訴你我那裡失竊的物品清單，我都記在紙上了。」

哈伯德太太打開手提包，拿出一個小筆記本。

晚宴鞋（單隻，新的）

手鐲（人造珠寶）

鑽戒（後來在湯盤中找到）

粉盒

口紅

聽診器

耳環

打火機

舊法蘭絨褲

電燈泡
盒裝巧克力
絲巾（找到時已被剪成碎片）
帆布背包（同前）
硼砂粉
浴鹽
食譜

赫丘勒．白羅深吸了一口氣。

「真是奇特，」他說，「十分……十分讓人著迷。」

白羅欣喜若狂，他從萊蒙小姐那張嚴厲、不以為然的臉，看向哈伯德太太和藹苦惱的面龐。

「恭喜你。」他熱烈地對哈伯德太太說。

她大吃一驚。

「為什麼，白羅先生？」

「恭喜你碰到這麼漂亮又獨特的難題。」

「它對你也許別有意義，白羅先生，但是——」

「它毫無道理可言。它使我想起聖誕節期間，我被一群年輕朋友拉去玩的一種遊戲。據我所知，那個遊戲叫作『三隻角小姐』。每個人輪流說：『我到巴黎買了……』加上一件物品的名稱。下一個人要重複上一個人所說的，然後再加一件物品。遊戲的重點就是要依照次序一一列舉出前面的人說過的物品。提到的物品可以說是千奇百怪，我記得有肥皂、白象、摺疊式圓桌和麝香鴨什麼的。當然，最難記憶的地方在於，所有物品都毫不相關，可以說缺乏連貫性，就像你給我看的這張清單。累積到了比如……嗯，十二種物品之後，就幾乎不可能照著正確次序列舉了。說錯的人會拿到一個紙做的獸角，在下一輪繼續背誦時，要說『我是一隻角小姐，我到巴黎……』等等。拿到三隻角的人就得退出比賽，最後剩下的就是勝利者。」

「我想你一定是勝利者，白羅先生。」萊蒙小姐帶著忠誠員工的信心說道。

白羅高興地笑了。

「確實如此，」他說，「即使是最雜亂無章的物品，還是能理出秩序來，只要用點腦筋和聯想力就可以了。譬如，你可以在心中默唸：『我用一塊肥皂把白色大理石象洗乾淨，牠就站在摺疊桌上』如此等等。」

哈伯德太太欽佩地說：「或許你也可以記住我給你看過的失物清單。」

「我當然可以。一位女士右腳穿著鞋，左手戴著一只手鐲，然後她撲上粉、塗上口紅、下樓吃飯、戒指掉到湯裡……這樣我就能把你的清單記下來。但那不是我們要追查的重點。

這些零零碎碎的東西為什麼會被偷？背後是不是有規則可循？是不是有人故意設計？我們必須先做分析，首要第一步就是仔細研究失物清單上的物品。」

於是白羅仔細研究起來，室內一片寂靜。哈伯德太太全神貫注地看著他，就像小男孩注視著魔術師，一心等待他變出一隻兔子或一串彩帶什麼的。萊蒙小姐並不關心結果如何，只是回頭去思索如何改進她的歸檔系統。

等白羅開口說話時，哈伯德太太嚇得跳了起來。

「我首先注意到的是，」白羅說，「失竊的物品大都不太值錢，沒有什麼重要，只有兩樣除外——聽診器和鑽戒。暫且把聽診器放在一邊，我先把注意力集中到鑽戒上。你說它很名貴，怎麼個名貴法？」

「嗯，我也說不上來，白羅先生。這戒指中間是一粒大鑽石，四周鑲著一圈小鑽石，據我所知，它是蓮恩小姐母親的訂婚戒指。戒指掉了以後她十分苦惱，所以當天晚上在霍浩斯小姐的湯盤中找到時，大家都鬆了一口氣。我們認為那大概是個調皮的惡作劇。」

「可能吧，但我個人認為，它的被竊和失而復得都頗有蹊蹺。如果是掉了口紅、粉盒或一本書，還不至於讓人去報警，但值錢的鑽戒就不同了，它的失主必定會報警，所以戒指才被送回來了。」

「可是如果原本打算歸還，又何必去偷呢？」萊蒙小姐皺著眉頭說。

「沒錯，為什麼？」白羅說，「不過目前我們先把它擱在一邊。現在我要先將這些失物歸類，先從戒指開始。這位戒指遭竊的蓮恩小姐是誰？」

「佩翠夏．蓮恩？她是個很好的女孩，來修那個什麼……歷史或考古的學位。」

「她很有錢？」

「噢，不，她自己的錢並不多，但她用錢一直很謹慎。那枚戒指，我剛說過，是她媽媽的。她有一兩件不錯的珠寶，但沒有什麼新衣服，而且她最近戒菸了。」

「她長什麼樣子？請為我描述一下。」

「嗯，她的膚色不黑也不白，看起來總是沒精打采，安靜、優雅，但缺乏生氣，是個你們怎麼說……嗯，認真的女孩。」

「戒指在霍浩斯小姐的湯盤中找到了，誰是霍浩斯小姐？」

「瓦萊麗．霍浩斯？她是個聰明的褐膚女孩，說話有點刻薄。她在一家美容院工作，『莎賓娜美人』，你應該知道。」

「這兩個女孩關係好嗎？」

哈伯德太太想了一下。

「我想是的……是的。她們不是很常來往，應該說佩翠夏和每個人都處得不錯，但並沒有特別受歡迎。瓦萊麗．霍浩斯很容易和人有過節，都是她那張嘴惹來的，但她也有不少追隨者，如果你懂我的意思的話。」

「我想我懂。」白羅說。

所以說，佩翠夏人不錯但比較乏味，而瓦萊麗．霍浩斯則是很有個性。他繼續研究那張失物清單。

「有趣的是，各種不同類型的東西都出現了，有些小東西足以誘惑一個愛慕虛榮而手頭又緊的女孩子，像口紅、人造珠寶、粉盒、浴鹽，也許還包括巧克力。再來是聽診器，很可能是有門路賣掉它或當掉它的男人偷的。聽診器是誰的？」

「貝特森先生的，他是個魁梧、友善的年輕人。」

「醫學院的學生？」

「是的。」

「他很生氣嗎？」

「氣得臉都發青了，白羅先生。他那人說風就是雨，在氣頭上什麼話都講得出來，但氣消得也很快就是了。他不是那種可以坐視自己的東西被偷的人。」

「有人可以嗎？」

「嗯，戈帕爾．拉姆先生就無所謂，他是一個印度學生，凡事都一笑置之，還會揮揮手說，那都只是身外之物啊！」

「他有東西被偷嗎？」

「沒有。」

「噢，那條法蘭絨褲是誰的？」

「是麥克納先生的，它已經非常舊，別人都說該扔掉了，但是麥克納非常念舊，他從不扔掉任何東西。」

「現在我們來看看哪些東西沒有偷竊的價值：舊法蘭絨褲、電燈泡、硼砂粉、浴鹽、食譜。它們可能很重要，但更可能一點都不重要。硼砂粉可能是被誤拿了；有人本來想用壞掉的電燈泡來換一個新的，但忘了；食譜可能是被借走而忘了歸還；褲子或許是被某位清潔婦拿走了。」

「我們雇用的兩名清潔婦都非常可靠，我相信她們沒有一個人會不先問一聲就做出這種事。」

「也許你是對的。然後是一隻晚宴鞋，是新鞋，對吧？這是誰的？」

「莎莉・芬奇的，她是一個美國女孩，拿傅布萊特獎學金過來的。」

「你確定鞋子不是放錯地方嗎？我搞不懂偷一隻鞋子有什麼用。」

「不是放錯地方，白羅先生，我們全都找遍了。那天芬奇小姐準備穿著她所謂的『正式服裝』——我們稱為晚禮服——去參加一個宴會，而鞋子是很重要的，那是她唯一的一雙晚宴鞋。」

「所以她受到阻撓，而且會十分懊惱……嗯，嗯，我懷疑，也許這其中有什麼……」

他沉默了一會兒，然後繼續說：「還有兩件東西：被剪碎的帆布背包和同樣下場的絲巾。偷這兩樣東西絕不是為了虛榮，也不是為了利益，相反的，這是一種蓄意報復的舉動。

那個帆布背包是誰的？」

「幾乎每個學生都有帆布背包，他們經常搭便車旅行，很多背包都很像，甚至是在同一個地方買的，所以很難分清楚哪個是哪個。但可以確定，如果它不是雷恩·貝特森的，那就是科林·麥克納的。」

「絲巾也被剪碎了，那是誰的？」

「是瓦萊麗·霍浩斯的，那是別人送她的聖誕禮物，翠綠色，料子不錯。」

「霍浩斯小姐……我明白了。」

白羅閉上眼睛，充塞在他腦中的是個萬花筒，有絲巾、帆布背包碎片、食譜、口紅、浴鹽；一堆學生的名字和簡要的描繪。它們各自獨立，也缺乏交集，只是一些不相關的事件和人物糾纏在一起。但是白羅清楚地知道，某個地方一定有個邏輯可尋，問題是要從哪裡開始……

他睜開眼睛。

「這件事需要動動腦筋，需要好好動動腦筋。」

「哦，我相信是的，白羅先生。」哈伯德太太急切地附和道，「我真的不希望給你添了麻煩……」

「你並沒有給我添麻煩，我真的很感興趣。但趁我在思考時，我們可以做一些具體的行動。怎麼開始……鞋，晚宴鞋……嗯，我們可以從這兒著手。萊蒙小姐。」

「什麼事，白羅先生？」

萊蒙小姐不再想她的歸檔系統，她坐得更直，自動地拿起記事本和鉛筆。

「請哈伯德太太把那隻鞋拿給你，然後你到貝克街車站的失物招領處。這起竊案是什麼時候發生的？」

哈伯德太太想了一下。

「嗯，我現在記不起正確的時間了，白羅先生。大概是兩個月前，我只想得到這樣了。但我可以問莎莉．芬奇那次宴會的日期。」

「好。呃……」他再度轉向萊蒙小姐。「你理由可以說得含糊點，就說你在區間火車上掉了一隻鞋——那聽來最有說服力——或說是掉在其他什麼火車上，說掉在公車上也行。有多少公車行經山胡桃路？」

「只有兩路，白羅先生。」

「好，如果在貝克街找不到，就到蘇格蘭警場試試。跟他們說，你的鞋掉在一輛計程車裡。」

「在藍貝斯區。」萊蒙小姐效率十足地回答。

白羅揮了一下手。

「這些事情你總是很清楚。」

「為什麼你認為——」哈伯德太太開口問。

白羅打斷她。

「讓我們先看看會有什麼結果。接下來，不管結果是肯定還是否定，哈伯德太太，你和我都得再討論一次，到時候你得把我該知道的事都告訴我。」

「我已經把能說的都告訴你了。」

「不，不，我不覺得。我們面對的是一群性情、性別各不相同而同住在一起的年輕人。甲喜歡乙，但是乙喜歡丙，而丁和戊也許因為甲而劍拔弩張，那就是我需要知道的一切，情感的互動，爭吵、嫉妒、友誼、敵對以及惡劣的行為。」

「我確信，」哈伯德太太不自在地說，「我對那種事情一無所知，我從不和他們混在一起，我只是管理那個地方，負責膳食等等。」

「但是你對人感興趣，你跟我說過你喜歡年輕人，你選擇這份工作不是因為有豐厚的收入，而是因為它能使你接觸到各種人。那裡的學生，有的你很喜歡，有的你並不那麼喜歡，而有的人可能你根本就很討厭。你得告訴我，是的，你必須都告訴我，因為你很擔憂……不是擔心已經發生的事，因為那些你可以報警處理。」

「妮可萊蒂太太不想讓警方插手，我向你保證。」

白羅不顧她的插嘴，快速說了下去。

「不，你在替某人擔憂……某個你認為應該為這些事負責或可能捲入其中的人，而這個人是你喜歡的。」

「確實如此，白羅先生。」

「是的，確實如此，而且我認為你的憂慮是有道理的，因為那條絲巾被剪成碎片，讓人感覺不太對勁，還有被剪碎的背包也讓人很不愉快。其他的則看起來充滿了孩子氣……但是，我不能確定，我一點也不能確定！」

03

哈伯德太太有點匆促地邁上台階，把鑰匙插進山胡桃路二十六號大門。門打開的那一剎那，一個留著一頭火紅頭髮的大塊頭年輕人從她身後跑上台階。

「嗨，老媽。」雷恩·貝特森說，他通常是這樣稱呼她。他是個和善的人，說話帶著倫敦腔，而且幸運的沒有任何自卑情結。「出去壓馬路啊？」

「我出去喝茶，貝特森先生。不要耽擱我的時間，我已經遲到了。」

「今天我解剖了一具可愛的屍體，」雷恩說，「真好玩！」

「不要說得這麼可怕，你這個壞孩子。一具可愛的屍體！真是的，什麼怪想法，你讓我覺得噁心透了！」

雷恩·貝特森大笑起來，哈哈的笑聲在大廳裡回響。

「和西莉亞的反應相比，這不算什麼。」他說，「我到藥劑室，告訴她：『我跟你講一具屍體的事。』她的臉蒼白得像張紙，我想她快昏過去了。你覺得如何，哈伯德媽媽？」

「我一點也不覺得奇怪。」哈伯德太太說，「什麼怪想法！西莉亞可能以為你說的是一具真的屍體。」

「什麼意思……真的屍體？不然你以為我們的屍體是什麼？人工合成的？」

這時，一個披著一頭散亂長髮的瘦削年輕人從右邊房間裡漫步出來，尖刻地說：「噢，只有你一個，我還以為有一隊壯士在這裡呢。就一個人說話，倒有十個人的音量。」

「希望不會這樣就讓你神經緊張，不可能吧。」

「和平常差不多緊張而已。」奈傑爾．查普曼說著又走了回去。

「我們這朵纖弱的小花。」雷恩說。

「你們倆別再吵架了，」哈伯德太太說，「好脾氣我才喜歡，大家要互相禮讓嘛。」

大個子青年向她溫柔地咧嘴笑了笑。

「我不會和我們奈傑爾計較的，老媽。」

「哦，哈伯德太太，妮可萊蒂太太在她房裡，請你一回來就去找她。」

哈伯德太太嘆了口氣上樓去，傳話的高個子褐膚女孩貼牆站著，以便讓她過去。

雷恩．貝特森一邊脫雨衣，一邊說道：「怎麼了，瓦萊麗？又要哈伯德媽媽去匯報我們的不軌行為了？」

女孩聳了聳她瘦削優雅的肩膀，走下樓穿過大廳。

「這棟房子愈來愈像個瘋人院。」她回頭說。

她邊說邊穿過右邊的門，走路的姿勢帶著職業模特兒那種傲慢而輕鬆的優雅。

山胡桃路二十六號實際上是由二十四和二十六號兩棟房子併成的，一樓相通，有一間公共休息室、一個大飯廳，後面有兩間廁所和一小間辦公室。樓上部分沒有打通，有兩個樓梯分別通往各自的二樓。女生的臥室在右側，男生的在另一邊，也就是原先的二十四號。

哈伯德太太邊上樓邊鬆開衣領，在轉向妮可萊蒂太太的房間時，嘆了口氣。

她輕輕敲了敲門，走進房裡。

「我猜她又要發一頓脾氣了。」她自言自語。

妮可萊蒂太太的客廳溫度很高，大型電暖爐開到最大，窗戶也緊緊關著。妮可萊蒂太太正坐在沙發上抽菸，沙發周圍有很多髒兮兮的絲質或天鵝絨靠墊。她是個高大的褐膚女子，風韻猶存，有一雙棕色的大眼睛，從嘴型看得出她是個脾氣暴躁的人。

「啊，你來了！」妮可萊蒂太太說起這句話像在指責。

哈伯德太太不愧具有萊蒙家的血統，絲毫不為所動。

「是的，」她銳利地說，「我來了，有人告訴我，你臨時想見我。」

「沒錯，確實如此。太荒謬了，真是荒謬！」

「什麼東西很荒謬？」

「這些帳單！你的帳目！」妮可萊蒂太太像個高超的魔術師般，從墊子底下抽出一疊紙來。「我們都給這些可憐的學生吃些什麼啊？鵝肝醬和鵪鶉肉嗎？這裡是麗池飯店嗎？你以為這些學生是什麼人？」

「一群胃口很好的年輕人，」哈伯德太太說，「他們每天都得在這兒吃一頓可口的早餐和晚餐，食物簡單但營養豐富，我們還是很節省的。」

「節省？節省？你竟敢這樣說？我都快被吃垮了！」

「你靠這裡賺了夠多錢了，妮可萊蒂太太。對學生來說，這裡的收費算是相當高。」

「但我這裡不總是客滿嗎？哪個空房不是申請了三次以上才能住進來？英國文化協會、倫敦大學住宿委員會、大使館、法國學校不是都派學生到我們這兒來？每個空房至少不都有三個人搶著要？」

「主要原因是這裡的膳食美味而且分量充足。年輕人總得讓他們吃飽。」

「哼！這些數目真是讓人看不下去。一定是那個義大利廚子和她丈夫搞得鬼，他們一定浮報食物的價錢。」

「哦，不，他們不會的，妮可萊蒂太太，我向你保證，沒有哪個外國人能在我底下玩花樣。」

「要不，那就是你，是你在坑我。」

哈伯德太太仍然態度從容。

「不可以這麼說話。」她說話的口吻就像一個老派的奶媽對待一個倔強無比的孩子。

「這樣說可不好，總有一天會使你惹禍上身。」

「哈！」

妮可萊蒂太太動作誇張地把那疊帳單拋向空中，它們紛紛散落到地板上。哈伯德太太彎下腰拾起帳單，雙唇緊抿著。

「你氣死我了！」她的雇主大吼。

「或許吧，」哈伯德太太說，「不過，你知道，這麼激動對你不好，發脾氣會使你的血壓升高。」

「你承認這次的數目比上禮拜高？」

「當然。不過蘭普森商店最近大減價，我趁機買了一些東西，下禮拜的花費一定會比平常少。」

妮可萊蒂太太看起來很憤怒。

「每件事情你都找得到藉口。」

「好了，」哈伯德太太把帳單整齊地疊放在桌上。「還有什麼事嗎？」

「那個美國女孩莎莉．芬奇說她想搬走，我不想讓她走。她是領傅布萊特獎學金的，她可以把同樣拿這個獎學金的學生帶到這裡來，她不能走。」

「她想搬走的理由是什麼？」

妮可萊蒂太太聳了聳肥碩的肩膀。

「我怎麼知道？那只是隨便捏造的藉口，我看得出來，我知道得很。」

哈伯德太太若有所思地點點頭，這點她倒是很相信妮可萊蒂太太。

「莎莉什麼都沒跟我說。」她說道。

「你會去找她談一談吧？」

「當然，我會。」

「如果是因為那些有色人種學生，那些印度人、黑人啦，那我們可以趕他們走，你明白嗎？種族意識，美國人非常強烈。對我來說，美國人才是最重要的，至於那些有色人種，滾一邊去吧！」

她誇張地比了一個手勢。

「如果這地方還歸我管，就沒這種事。」哈伯德太太冷冷地說，「而且，你的看法是錯誤的，這裡的學生並沒有那種情結，莎莉也不是你說的那種人，她經常和艾基班博一起吃午餐……沒有人比艾基班博更黑了。」

「那就是有共產黨，你知道美國人是怎麼看待共產黨的。奈傑爾．查普曼，他就是個共產黨。」

「我不認為。」

「沒錯，不會錯，你應該聽聽他前幾天晚上說了什麼。」

「奈傑爾常愛說一些話來招惹別人，這方面他是很討人厭。」

「你很了解他們嘛，親愛的哈伯德太太，你真厲害！我一直對自己說，如果沒有哈伯德太太我該怎麼辦啊？我完全仰仗你，你是個了不起、很了不起的女人。」

「先打一巴掌，再給塊糖吃。」哈伯德太太說。

「你說什麼？」

「沒事。我會盡我所能。」

她打斷妮可萊蒂太太致謝不絕的話，離開了屋子，自言自語道：「浪費我的時間，真是瘋癲的女人！」然後沿著走道匆忙走進自己的客廳。

但哈伯德太太的麻煩還沒完，她剛進房間，一個修長的身影就站起來說道：「我想和你談幾分鐘好嗎？」

「當然好，伊麗莎白。」

哈伯德太太很吃驚。伊麗莎白．強斯頓來自西印度群島，讀法律系。她認真勤奮、雄心勃勃，不喜歡與人交際；而且她性格穩定、能力超群，哈伯德太太一直認為她是這宿舍裡最令人放心的學生之一。

她的情緒控制得很好，黝黑的面孔不動聲色，但哈伯德太太仍然從她的聲音裡聽出了一絲顫抖。

「有什麼事嗎？」

「是的，你可以跟我去一下我房間嗎？」

「先等一下。」

哈伯德太太脫下外衣、手套後，才跟著她走出房間、登上樓梯。她的房間在頂樓，她打開房門，走向一張靠窗的桌子。

「這是我的課堂筆記，」她說，「是我幾個月辛苦研讀的心血，你看看現在它變成什麼樣子了！」

哈伯德太太吃驚地屏住了呼吸。

桌上潑滿了墨水，淌過稿紙，把它們全浸溼了。哈伯德太太用指尖觸了一下，稿紙還是溼漉漉的。

她一開口就意識到自己的問題愚不可及。

「不是你自己潑上去的吧？」

「不是，是我不在時發生的。」

「你認為是比格斯太太——」

比格斯太太是負責打掃頂樓臥室的清潔婦。

「不是比格斯太太，甚至墨水也不是我的，我的墨水放在床邊的架子上，沒人動過。是有人拿著墨水來潑的。」

哈伯德太太非常震驚。

「太惡劣了，也太狠了。」

「是的，做這種事很不好。」

女孩說得很平靜，但哈伯德太太了解她的感受。

「嗯，伊麗莎白，我實在不知道說什麼才好。我很震驚，非常震驚，我會盡我所能找出做這件缺德事的人。這件事，你自己有沒有任何懷疑對象？」

女孩立刻回答說：「這是綠墨水，你看到了。」

「是的，我注意到了。」

「這種綠墨水並不常見，我知道這裡有人用綠墨水，就是奈傑爾・查普曼。」

「奈傑爾？你認為奈傑爾會做出這種事？」

「我想應該不會……他不會。可是他寫信、抄筆記都是用綠墨水。」

「我會好好查問。伊麗莎白，我很抱歉竟然在宿舍裡發生這種事，我唯一能說的是，我會盡力把這件事查到水落石出。」

「謝謝你，哈伯德太太。還發生了……別的事情，是嗎？」

「是的，呃，是的。」

哈伯德太太離開房間，向樓梯走去。下樓時，她突然停住，沿著走道向走廊盡頭的一扇門踱去。她敲了敲門，門內傳出莎莉・芬奇招呼她進去的聲音。

房間布置得溫暖舒適，莎莉・芬奇長著一頭俏麗的紅髮，本人也是個活潑可愛的人。

她正在記事本上寫著什麼，抬頭時兩頰鼓鼓的。她拿出一盒已拆封的糖果，口齒不清地說道：「這是我家裡寄來的糖果，嘗嘗看。」

「謝謝，莎莉，我現在不想吃，我很心煩。」她停頓了一下。「你聽說伊麗莎白・強斯頓的事了嗎？」

「黑貝絲出了什麼事？」

這是個親暱的綽號，伊麗莎白本人也接受這個叫法。

哈伯德太太講述了事情概況，莎莉不時發出嘆息，充滿同情和憤慨。

「做這種事實在太卑鄙了，我實在想不到有誰會對我們黑貝絲做出這種事。我們大家都很喜歡她，雖然她的個性文靜、不太與人來往，也不愛參加團體活動，但我很確定沒有人討厭她。」

「我也這麼想。」

「嗯，這只是其中一件，不是嗎，和其他事情一樣？那就是為什麼……」

「什麼『就是為什麼』？」當莎莉突然停住不說時，哈伯德太太追問道。

莎莉慢吞吞地說：「那就是為什麼我想搬出去，妮可萊蒂太太告訴你了嗎？」

「是的，她為了這件事很煩躁，看來你沒有告訴她真正的原因。」

「嗯，我沒有，沒必要惹她生氣，你知道她的脾氣。但這就是原因，沒錯。我實在不喜歡這兒發生的一些事。我的一隻鞋莫名其妙不見了，接著是瓦萊麗的絲巾被剪成碎片，還有雷恩的帆布背包……掉點東西並不是什麼大不了的事情，畢竟這種事常會發生，雖然是不好，倒也很正常。但這回可得另當別論。」她停下來微笑了一會兒，接著突然咧嘴大笑了起來。「艾基班博被嚇到了，」她說，「他一直很優秀又文明儒雅，但這次，他腦子裡那種古老的西非巫術信仰已經在蠢蠢欲動了。」

「啐！」哈伯德太太不高興地說，「我可沒耐心聽這些迷信的胡說八道，這不過是平常人弄出來的惡作劇，如此而已。」

莎莉張嘴笑了，嘴唇上翹像貓似的。

「問題就在你所說的『平常人』，」她說，「我有一種感覺，在這房子裡，有人並不是平常人。」

§

哈伯德太太走下樓梯，轉身走進一樓的公共休息室。室內有四個人，瓦萊麗・霍浩斯俯伏在沙發上，一雙瘦削優美的腿蹺在沙發扶手上；奈傑爾・查普曼坐在一張桌子前，面前攤開一本厚厚的書；佩翠夏・蓮恩倚在壁爐上；一個穿著雨衣的女孩剛進來，哈伯德太太進去時，她正在脫毛線帽。她粗壯、白皙，棕色的雙眼分得很開，嘴巴總是微張著，看起來好像永遠都很吃驚。

瓦萊麗拿下嘴中的香菸，懶洋洋、慢吞吞地說：「哈囉，老媽，你給那個老怪物、我們敬畏的女主人灌迷湯去了？」

佩翠夏．蓮恩說：「她對你發飆了？」

「結果如何？」瓦萊麗說著，咯咯咯地笑了。

「發生了一件非常不好的事情。」哈伯德太太說，「奈傑爾，我需要你的幫助。」

「我？老媽，」奈傑爾闔上書看著她，他瘦削、壞壞的臉上露出調皮但驚奇的笑容，臉龐因而明亮了起來。「我做什麼了？」

「希望什麼也沒有。」哈伯德太太說，「有人惡意地把墨水潑在伊麗莎白．強斯頓的筆記上，用的是綠墨水。你是用綠墨水吧，奈傑爾？」

他瞪著她看，笑容消失了。

「是的，我是用綠墨水。」

「可怕的東西，」佩翠夏說，「早就叫你不要用那種墨水，奈傑爾，我一直跟你說那太標新立異了。」

「我喜歡標新立異。」奈傑爾說，「我覺得淡紫色墨水更棒，我一定要想辦法弄到一些。可是你是說真的嗎，老媽？我指的是那件惡搞的事。」

「沒錯，我是說真的。是你嗎，奈傑爾？」

「不，當然不是。我喜歡惹別人生氣，這你知道，但我從來不玩卑鄙的把戲，所以當然不會對黑貝絲做出這種事。她平時潔身自好，是我們所有人的榜樣。我的墨水在哪裡？昨天晚上我才把鋼筆灌滿了墨水。我通常把它擱在那個架子上。」他站起來，穿過房間。「你說得沒錯，墨水瓶幾乎全空了，它應該是滿的。」

穿雨衣的女孩深吸了一口氣。

「哦，天啊！」她說，「哦，天啊，我不喜歡這種事——」

奈傑爾猛然轉身面向她，一臉指責的神態。

「你有不在場證明嗎，西莉亞？」他用威脅的口吻說。

女孩屏住了呼吸。

「不是我，真的不是我。我整天都待在醫院裡，我不可能……」

「喂，奈傑爾，」哈伯德太太說，「別逗西莉亞了。」

佩翠夏·蓮恩氣憤地說：「沒理由懷疑奈傑爾，他只是墨水被人拿走……」

瓦萊麗悻悻然地說：「對，親愛的，儘管替你的好朋友辯護吧。」

「但這真的不公平呀……」

「這件事真的和我沒關係。」西莉亞急切地聲明。

「沒人認為是你，小乖乖。」瓦萊麗不耐煩地說，「但不管怎樣，你知道，」她的眼睛瞟向哈伯德太太，兩人對望一下。「這些事已經超過開玩笑的範圍，必須想辦法處理。」

「是得想辦法了。」哈伯德太太厲聲說道。

04

「給你，白羅先生。」

萊蒙小姐把一個褐色小紙包放在白羅面前。他打開紙，審視著那隻製作精良的銀白色晚宴鞋。

「正如你所料，它是在貝克街車站發現的。」

「這替我們省了不少麻煩。」白羅說，「也證實了我的想法。」

「沒錯。」萊蒙小姐這個天生缺乏好奇心的人應道。

但是，她畢竟還是滿注重親情的。

「希望不會打擾你太多，白羅先生，我收到姐姐的一封信，那邊有了一些新進展。」

「我可以看看信嗎？」

她把信遞過去。讀完信後，白羅指示萊蒙小姐打個電話給她姐姐。不久，萊蒙小姐說電話已接通，白羅拿起話筒。

「哈伯德太太嗎？」

「哦，是的，白羅先生，謝謝你這麼快就打電話給我，我真的非常……」

白羅打斷了她。

「你在什麼地方講話？」

「啊？當然在山胡桃路二十六號。哦，我明白你的意思，我在我自己的客廳裡。」

「有分機嗎？」

「我用的就是分機，主機在樓下的大廳。」

「房子裡會有人偷聽嗎？」

「這時候學生都出去了，廚師也上市場去了，她丈夫傑羅尼莫只懂一點點英語。有個清潔婦在，但她是個聾子，我確信她不會偷聽。」

「嗯，很好，這樣我就能毫無顧忌地說話了。你偶爾會在晚上舉辦講座或放映電影等等娛樂活動嗎？」

「我們偶爾會舉辦講座。巴特勞小姐，那個探險家，不久前就帶著她的彩色幻燈片來過。我們也請過遠東布道團，儘管我想那天晚上很多學生都出門去了。」

「啊，那麼今天晚上你將成功地邀請赫丘勒·白羅先生，你妹妹的雇主，到貴處向你的學生講述他的一些有趣經歷。」

「那太好了，真的。但你想……」

「這不是光想就可以解決的問題，我非常確信！」

§

那天晚上，學生們走進大廳時發現門上的布告牌貼著一張通知：

赫丘勒·白羅先生，著名的私家偵探，欣然同意今天晚上蒞臨演說成功偵探的理論與實務，並將講述著名的案例。

回到宿舍的學生們對此議論紛紛。

「這個私家偵探是誰？」

「沒聽過。」

「哦，我知道，有個男人被控謀殺一個清潔婦而被判死刑，這個偵探在最後關頭發現了真正凶手，挽救了那個人的生命[1]。」

1　參克莉絲蒂的《麥金堤太太之死》一書。

「聽起來讓人不太舒服。」

「我倒覺得可能很有趣。」

「科林應該會喜歡，他最迷犯罪心理學了。」

「那倒未必，不過我不否認跟一個很了解罪犯的人聊聊可能滿有趣的。」

七點半開飯，哈伯德太太從她的客廳下樓來時，大部分學生都已就座（在客廳裡，她已請那位尊貴的客人品嘗了雪利酒）。只見哈伯德太太身後跟著一個上了年紀的矮個子男人，他長著一頭不知是真是假的黑髮，手中不停捋著那撇修剪適度、十分威猛的八字鬍。

「在座的是我們一部分的學生，白羅先生。這位是赫丘勒．白羅先生，晚餐後將和大家聊聊。」

白羅和學生們互相致意後，坐到哈伯德太太身旁，開始忙著讓自己的鬍鬚不要浸到美味的通心粉蔬菜湯中。湯是由一個矮小活潑的義大利男僕用大湯盤端上來的。

接著端上的是熱騰騰的義大利麵和肉丸，這時坐在白羅右邊的一個女孩靦腆地問他：

「哈伯德太太的妹妹真的為你工作嗎？」

白羅轉向她。

「是的，萊蒙小姐擔任我的祕書已經很多年了，她是全世界最能幹的女性，有時我很怕她呢。」

「哦，我明白了。我猜……」

「你想知道什麼，小姐？」
他慈父般地向她微笑著，同時在心裡默默記了下來。
「漂亮、憂心忡忡、反應不太快、害怕……」
他說：「能告訴我你的名字以及你念哪一科嗎？」
「我叫西莉亞．奧斯汀，我不是學生，我是聖凱薩琳醫院的藥劑師。」
「啊，這工作還有趣嗎？」
「嗯，很難說……也許吧。」她說起來不太肯定。
「這裡的其他人呢？你能不能跟我講講他們的事？我知道這是專租給外國學生的宿舍，但看起來，大多數還是英國人。」
「有些外國學生出去了。錢卓．萊爾和戈帕爾．拉姆是印度人；蘭吉爾小姐是荷蘭人；還有阿奇梅德．阿里先生是埃及人，相當熱中政治！」
「在座的都是誰？跟我介紹一下吧。」
「嗯，坐在哈伯德太太左邊的是奈傑爾．查普曼，他在倫敦大學念中世紀史和義大利文。他旁邊戴眼鏡的是佩翠夏．蓮恩，她讀考古系。那個一頭紅髮的大個子是雷恩．貝特森，他是醫科學生。那個皮膚黑黑的女孩是瓦萊麗．霍浩斯，她在一家美容院工作。她旁邊的是科林．麥克納，他正在修精神病學的碩士課程。」
當她介紹科林的時候，聲音有些微的變化。白羅敏銳地注視著她，發現她的臉上泛起一層紅暈。

他在心裡自言自語。

「看來她是愛上他了，而且不太能夠掩蓋自己的感情。」

他注意到對面那個麥克納幾乎連看都沒看她一眼，他正忙著和身旁一個愛笑的紅髮女郎熱烈交談著。

「那是莎莉．芬奇，她是美國人，拿傅布萊特獎學金的。再過去是珍妮芙．馬里柯，她是主修英文，坐她旁邊的荷內．哈勒也是英文系。那個小小的漂亮女生是珍．湯林笙，她也在聖凱薩琳醫院工作，是物理治療師。那個黑人是艾基班博，他從西非來的，人好得不得了。再過來那個是伊麗莎白．強斯頓，她是從牙買加來的，學法律。我右邊這兩個是土耳其學生，大概是一個禮拜前才來的，他們幾乎不懂英語。」

「謝謝你。你們都處得不錯吧？還是有時會吵吵架？」

他輕柔的語調掩蓋了其中的嚴肅意味。

西莉亞說：「噢，我們都太忙了，沒時間吵架。儘管……」

「儘管什麼，奧斯汀小姐？」

「嗯，奈傑爾……就是坐哈伯德太太旁邊那個，他很喜歡招惹別人、激怒人家，雷恩．貝特森就被激怒過，有時他氣得都要發瘋了。但實際上他人挺可愛的。」

「那科林．麥克納呢？他也會生奈傑爾的氣嗎？」

「哦，不，科林只會揚揚眉毛，一臉訕笑。」

「這樣啊。那麼你們這群年輕女生會互相吵架嗎？」

「哦，不，我們大家都處得不錯。珍妮芙有時會鬧點情緒，我覺得法國人都比較容易生氣……哦，我的意思是……真對不起……」

西莉亞一副侷促不安的樣子。

「我是比利時人。」白羅鄭重地說。在西莉亞恢復鎮靜以前，他緊接著問：「奧斯汀小姐，你剛才說的是什麼意思，我是指你說『你猜』那句話。你在猜什麼？」

她緊張不安地撥弄著麵包。

「哦，沒什麼，真的沒什麼。只是……近來我們這裡發生了一些可惡的惡作劇，我想哈伯德太太……我實在嘴太笨了，我沒有什麼意思。」

白羅沒再逼她。他轉向哈伯德太太，馬上與她和奈傑爾．查普曼開始了三人間的談話。奈傑爾．查普曼提起一個充滿爭議的話題向白羅挑戰，他說犯罪其實是一種深具創意的藝術，真正不能適應社會的其實是那些警察，他們之所以從事這個行業，只不過是因為他們都有虐待狂的傾向。

白羅好笑地注意到，當奈傑爾滔滔不絕地發表評論時，坐在他旁邊那個一臉焦慮、戴眼鏡的女孩，拚命要為他的言詞緩解，然而奈傑爾一點都不在意她。

哈伯德太太慈祥地微笑著。

「你們現在的年輕人就只關心政治和心理學，」她說，「我們年輕時過得比較輕鬆，都在跳舞。如果你們把休息室的地毯捲起來，底下的地板還不錯，你們就可以伴隨著收音機翩翩起舞了，可是你們從來不這麼做。」

西莉亞笑了，帶點惡意地說道：「你跳過舞啊，奈傑爾，我就和你跳過一次，儘管我不指望你還記得。」

「你和我跳過舞？」奈傑爾難以置信地說，「在哪兒？」

「在劍橋，五月週[2]的時候。」

「噢，五月週！」奈傑爾揮了揮手，好像要把年輕時做過的蠢事驅走。「人都有年輕的時候，幸好很快就過去了。」

奈傑爾顯然頂多二十五歲，白羅在鬍子後暗笑著。

佩翠夏．蓮恩認真地說：「你知道，哈伯德太太，我們有好多工作要做，要上課，還得記筆記，我們沒有時間做不重要的事。」

「嗯，親愛的，年輕只有一次喔。」哈伯德太太說。

義大利麵之後又上了一道巧克力布丁。吃完後，大家都走進休息室，各自從桌上的咖啡壺裡倒了咖啡。接下來白羅應邀開始演講，兩個土耳其學生禮貌地致歉告退，其餘的學生各自就座，眼中充滿期待。

白羅站起來，以他泰然自若的一貫態度開始演說。他一向喜歡自己的聲音，他回憶著他的一些辦案經歷，適度加以誇張，講了四十五分鐘，語調輕鬆幽默。如果他想透過微妙的方式傳達些什麼，在某種程度上，他算得上是個巧言惑眾的人。毫無疑問他達到目的了。

「所以，大家看，」他總結說，「我對這個紳士說，我想起一個住在列日的工廠老闆，為了跟他美麗的金髮祕書結婚而毒死自己的妻子。我說得非常輕鬆，但立刻就得到反應。他堅持要把我才剛替他找回來的那筆錢給我，他面色蒼白，眼中充滿恐懼。我說：『我要把這筆錢捐給慈善機構。』他說：『隨你怎麼處理。』那時我意味深長地告訴他：『先生，做事小心一點總是比較明智的。』他點點頭，無言以對。我出去時，看到他正在擦拭前額。他已經受到了巨大的驚嚇，而我，我則拯救了他的生命，因為儘管他迷戀他的金髮祕書，至少他不會設法毒死那個愚蠢、不討人喜歡的太太了。預防總是比事後治療好，我們要預防謀殺，而不是等到謀殺發生後再行動。」

他攤開雙手欠身鞠躬。

「就這樣了，我已經讓大家聽得夠厭煩了。」

學生們向他熱烈鼓掌，白羅再次鞠躬答謝。當他正要就座時，科林．麥克納取下嘴中的菸斗說：「現在，也許你可以告訴我們，你到這兒來的真正目的了。」

2　五月週（May Week），英國劍橋大學的傳統活動，實際上是在六月舉行，乃大學部學生考完期末考後的慶祝活動。

室內一片安靜，佩翠夏責備地喊一聲：「科林！」

「嗯，這我們應該猜得到，不是嗎？」他嘲弄地環顧四周說道，「白羅先生告訴了我們一些非常有趣的小故事，但那不是他此行的目的。他是來工作的。白羅先生，你不會以為我們笨到連這點都看不出來吧？」

「你說的只代表你個人的意見，科林。」莎莉說。

「我說的是事實，不是嗎？」科林說。

白羅再次攤開雙手，優雅地做了個手勢表示承認。

「我得承認，」他說，「好心的女主人告訴我，有些事情使她……憂心忡忡。」

雷恩·貝特森站起來，臉色陰沉，一副尋釁的架式。

「聽著，」他說，「這到底是怎麼回事？想設計我們嗎？」

「你現在才恍然大悟啊，貝特森？」奈傑爾甜甜地說道。

西莉亞恐懼地吸了一口氣，說：「那我剛剛是猜對了！」

哈伯德太太態度堅定又充滿權威地開口。

「我請白羅先生為我們演講，同時我也想就近來發生的一些事向他請教。我們必須有所處置，對我來說，另一個選擇唯有……報警。」

頓時室內一片騷動，珍妮芙吐出一長串激昂的法語。

「報警！那太不光彩、太丟人了！」

其他人的聲音插進來，有的表示贊成，有的反對。最後雷恩．貝特森堅定的聲音響了起來。

「我們來聽聽白羅先生對這些問題的看法。」哈伯德太太說：「我已經把所有發生的事都告訴白羅先生了，如果他有什麼問題要問大家，我相信沒有人會反對吧。」

白羅向她鞠躬致謝。

「謝謝。」

然後他以魔術師的姿態拿出一雙晚宴鞋，遞給莎莉．芬奇。

「這是你的鞋子吧，小姐？」

「噢，是的……一整雙？丟掉的那一隻是哪裡找到的？」

「貝克街火車站的失物招領處。」

「但你怎麼知道可以去那裡找，白羅先生？」

「推理過程非常簡單。有人從你房裡拿走一隻鞋，為什麼？一定不是為了穿它，也不是為了賣它。可想而知，大家一定會翻遍這棟房子試圖找它，所以這隻鞋一定會被拿到房子以外的地方，或乾脆毀掉。但要毀掉一隻鞋並不容易，最簡單的方法就是把它包好，在尖峰時間帶到公車或火車上，趁人不注意時塞到某個座位底下。那是我最初的猜想，最後證明完全正確。因此我知道我的基本立論已經穩固——鞋是被人拿走的，正如同你們某位詩人所說：『搗蛋，因為他知道這讓人煩惱[3]。』」

瓦萊麗發出一聲短笑。

「那是指你，親愛的奈傑爾，分分明明指的就是你。」

奈傑爾嘻嘻笑說：「如果鞋合腳，就穿上它。」

「亂說，」莎莉說，「奈傑爾根本沒拿我的鞋。」

「他當然沒有，」佩翠夏生氣地說，「真是荒謬的想法。」

「我不知道什麼荒不荒謬，」奈傑爾說，「不過我真的沒做這樣的事……當然了，哪個人不會這麼說。」

白羅好像一直在等著這句話，就像一個演員在等著他的提詞一樣。他目光深沉地停在雷恩‧貝特森脹紅的臉上，接著掃探其餘的學生。

他開口時，雙手故意擺出外國人的手勢。

「我的處境相當微妙，在這兒我是個客人，我是應哈伯德太太的邀請來的，來此度過一個愉快的夜晚，僅此而已。當然，同時也為了將這雙可愛的鞋子歸還給它的主人。至於下一步……」他停了一下。「這位……貝特森先生？是的，貝特森先生要我談談個人對這個……困擾的看法。但如果不是諸位共同提出要求，而是一個人單獨的要求，我說出來會是一件很失禮的事。」

大家看到艾基班博點著他那長著黑鬈髮的頭，極力表示贊同。

「這才是正確程序，是的。」他說，「交由所有成員共同表決才是真正的民主程序。」

莎莉．芬奇不耐煩的聲音響了起來。

「唉，真無聊。」她說，「這只是一次朋友同樂的聚會，大家別再瞎扯了，讓我們來聽聽白羅先生的高見。」

「我非常贊同你的說法，莎莉。」奈傑爾說。

白羅向他點頭示意。

「很好，」他說，「既然大家都問了我這個問題，我的回答是，我的意見非常簡單。哈伯德太太，或者是妮可萊蒂太太，應該立刻報警……沒有時間了。」

3 引自《愛麗絲夢遊仙境》（*Alice's Adventures in Wonderland*）第六章裡的一首詩。

05

誰也沒想到白羅會說出這樣的話。沒人抗議，也沒人批評，現場只是一陣令人不安的寂靜。

趁著現場全面癱瘓，哈伯德太太趕緊將白羅帶上樓到她的客廳，臨走時，白羅只是飛快道了聲：「諸位晚安。」

哈伯德太太打開燈，關上門，請白羅坐到火爐旁的扶手椅上。她本來滿面春風、親切和藹的臉龐，因為焦急和疑慮，此刻都出現了皺紋。她敬了客人一根菸，但白羅禮貌地拒絕，說他喜歡抽自己的。他回敬哈伯德太太，但她也拒絕了，含混地說道：「我不抽菸，白羅先生。」

接著，她在他對面坐下。一陣猶豫後，她開口說：「我想你是對的，白羅先生，也許我們確實應該立即報警，尤其在這件惡毒的墨水事件發生之後。但是我真希望你沒有那麼……

直言不諱。」

「啊，」白羅點燃小巧的香菸，看著菸霧冉冉上升，說道：「你認為我應該加以掩飾嗎？」

「嗯，我承認，光明正大地公開調查是應該的，但如果能低調處理，請個警察到這裡來看看，跟他私下談談發生的事，會更好些。我的意思是，不管是誰做了這些愚蠢的事，呃，那個人已經得到警告了。」

「也許吧，是的。」

「那是一定的。」哈伯德太太尖刻地說，「沒什麼也許了。即使那個人是今晚不在場的哪個傭人或學生，這些話也會傳到他耳中，事情總是如此。」

「確實，總是如此。」

「還有妮可萊蒂太太，真不知道她會有什麼反應，誰也摸不透她。」

「那就等著看好戲囉。」

「當然了，除非她同意，否則我們不能報警。嗯，是誰？」

有人在敲門，敲門聲急迫且不間斷，而且在哈伯德太太惱怒地說出「進來」之前，門就打開了。科林．麥克納走了進來，咬緊菸斗，臉色陰沉。

他拿下菸斗，關上背後的門，開口說道：「請原諒，但我急著和白羅先生說幾句話。」

「和我？」白羅回過頭，面露驚訝。

「是的，和你。」科林冷冷說道。

他拉來一張不太舒服的椅子，僵直地坐著面對白羅。

「今天晚上你的講演很有趣，」他肆意說道，「我不否認你長期從事偵探工作，經驗十分豐富。不過請原諒，我得說，你的思想和方法都已經過時了。」

「真是的，科林，」哈伯德太太臉色變了。「你實在太沒禮貌了。」

「我無意冒犯你，但我必須把事情說清楚。犯罪和懲戒，白羅先生，那就是你所思考的極限。」

「對我來說，它們之間具有自然的關聯性。」白羅說。

「你採取的是狹隘的法律觀，而且是最落伍的法律觀。現在，即使是法律也開始關心犯罪動機的理論發展。重要的是動機，白羅先生。」

「是啊，」白羅高聲說，「用你們的時髦話來說，『你的話我再同意不過了！』」

「那你就得考慮引發這些事件的原因，你得探究為什麼有人會做出這些事。」

「這我也贊同，是的，那是最重要的。」

「因為事件背後總會有個理由，而且對犯案的人來說，是個很充分的理由。」

這時，哈伯德太太再也抑制不住自己了，她尖聲插嘴道：「胡說八道！」

「這點你就錯了，」科林微微轉向她說，「你得把心理因素考慮進去。」

「什麼鬼心理因素，」哈伯德太太說，「我可沒耐心聽你說這些話！」

「那是因為你對它一無所知。」科林低沉而沙啞地駁斥她，他把目光移回白羅身上。

「我對這些課題很感興趣。目前我正在攻讀精神病學和心理學的碩士課程，我們研究過許多最錯綜複雜、最令人震驚的案例，我要向你指出的是，白羅先生，你不能一概將犯罪行為歸因於原罪主義或者罪犯蓄意藐視法律。如果你想有效防治年輕人犯罪，就得了解問題的根源。這些觀念在你們的時代是聞所未聞、沒人思考過的，相信你會覺得很難接受——」

「偷竊就是偷竊。」哈伯德太太固執地插嘴。

科林不耐煩地皺起眉頭。

白羅謙虛地說道：「我的觀念毫無疑問是過時的，我滿心願意聆聽你的看法，麥克納先生。」

科林一副驚奇的樣子。

「你真是坦誠，白羅先生，我會盡可能簡單地把這件事向你分析清楚。」

「謝謝。」白羅謙和地說。

「為了方便起見，我要從你今天晚上帶來交還給莎莉．芬奇的那雙鞋子說起。如果你還記得的話，其中一隻鞋被偷了，只有一隻。」

「我記得這件事曾讓我吃了一驚。」白羅說道。

科林．麥克納身體前傾，他嚴峻英俊的面孔熱切得容光煥發。

「啊，但你沒有看出它的重要性。這是一個人有幸碰上最美好、最令人興奮的例子，我們面對的顯然是一種灰姑娘情結——你應該知道灰姑娘的童話故事吧。」

「源於法國，是的。」

「辛苦工作卻得不到任何報酬的灰姑娘坐在火爐旁，她的姐妹穿著華麗的衣服參加王子的舞會去了。仙女把灰姑娘也送去參加舞會，午夜鐘聲響起時，她華麗的服裝又變回原先破爛不堪的工作服，她急忙逃跑，匆忙間留下了一隻鞋。現在我們發現有個人把自己比作灰姑娘（當然，是無意識的），其中展現了沮喪、嫉妒和自卑的情感。這個女孩偷了一隻鞋，為什麼？」

「一個女孩？」

「當然是個女孩，」科林以責難的語調說，「這點即使是最平庸的人也看得出來。」

「別那麼說，科林！」哈伯德太太說。

「請繼續。」白羅禮貌地說道。

「或許她自己也不知道為什麼會那麼做，但那種內在的欲望是很明顯的……她想成為公主，讓王子認出她並向她求婚。另一個重要的事實是，鞋子是從一個漂亮的女孩那兒偷來的，而她正要去參加舞會。」

科林的菸斗早已熄滅了，他的情緒愈來愈激動，禁不住揮舞起菸斗來。

「我們再來看其他發生過的事。這個小偷喜歡收集漂亮的物品，都是和展現女性魅力有關的物品，包括粉盒、口紅、耳環、手鐲和戒指。這裡又含有雙重意義，這個女孩希望被人注意，她甚至希望受到懲罰；這種事情在青少年犯罪中經常發生。這些案件不能以一般所稱的偷竊看待，他們偷東西並不是為了財物的價值，動機倒是類似有錢的婦女在百貨公司偷取她們買得起的東西。」

「胡說八道，」哈伯德太太的話充滿火藥味。「有些人就是不老實，那才是問題所在。」

「但是，失竊物品中有一枚值錢的戒指。」白羅沒有理會哈伯德太太的插嘴，對著科林說道。

「它已經物歸原主了。」

「然而，麥克納先生，你不會認為聽診器也是女人的飾品吧？」

「那具有更深層的含義，那些自認為缺乏女性魅力的女孩，往往力圖在事業中得到昇華。」

「那食譜呢？」

「一種丈夫、家庭、居家生活的象徵。」

「硼砂粉？」

科林不耐煩地說：「親愛的白羅先生，沒人會偷硼砂粉！幹嘛偷它？」

「這正是我在自問的問題。麥克納先生，我承認每件事你似乎都能找到解釋，那麼請告訴我，一條舊法蘭絨褲子不見了有何意義？據我所知，那正好是你的褲子。」

科林第一次出現了不自在的表情，他臉紅了，清了清嗓子說道：「我可以解釋……它可能和什麼東西有關，也許是，嗯，很難啟齒的事。」

「啊，那就別讓我難為情了。」突然，白羅探出身子，在年輕人的膝蓋上輕敲一下。「還有潑在筆記上的墨水、被剪成碎片的絲巾，這些事情沒有讓你感到不安嗎？」

科林充滿自信、驕傲的態度突然發生了變化。

「確實讓我感到相當不安，」他說，「相信我，我很不安，這很嚴重，她應該接受治療，立刻。但只需要醫學上的治療就好，不必驚動警方。她深陷泥淖而不可自拔，如果我能夠……」

白羅打斷了他。

「你知道她是誰？」

「是的，我非常懷疑一個人。」

白羅喃喃說道：「一個不太受異性青睞的女孩、個性羞澀、感情豐富、反應遲鈍、有挫折感、內心孤獨……」

有人敲門，白羅停住了。敲門聲持續著。

「請進。」哈伯德太太說。

門開了，西莉亞．奧斯汀走了進來。

「啊，」白羅點著頭說，「正是。西莉亞．奧斯汀小姐。」

西莉亞注視著科林，眼裡充滿痛苦。

「我不知道你在這兒，」她屏息說道，「我是來，我是來……」

她深吸了一口氣，衝向哈伯德太太。

「請，請不要找警察。是我，那些事都是我做的。我不知道為什麼我會那樣做，我也想不到，我不是故意的，只是……只是一時身不由己。」她猛一轉身面向科林。「現在你知道我是什麼樣的人了……我想你再也不會和我說話了，我知道我很可怕……」

「哦，別這麼說！」科林的聲音充滿溫暖和友愛。「你只是有點迷失，如此而已。你得了一種病，因而沒辦法看清事物。如果你相信我，西莉亞，我很快就能把你治好。」

「哦，科林，是真的？」

西莉亞看著他，眼中滿溢著傾慕。

「我擔心得要命。」他用一種長輩慈愛的態度拉住她的手。「嗯，不必再擔心什麼了。」

他站起身來，挽起西莉亞的手臂，態度堅定地看著哈伯德太太。

「我希望，」他說，「你們以後不會再提什麼報警的蠢話了，根本就沒有值錢的東西被偷，拿走的物品西莉亞也會歸還的。」

「我沒辦法歸還手鐲和粉盒，」西莉亞擔心地說，「我把它們丟到陰溝裡去了，但我會買新的歸還。」

「聽診器呢？」白羅說，「你把它放到哪裡了？」

西莉亞臉紅了。

「我沒有動過什麼聽診器，我拿一個無聊的舊聽診器做什麼？」她的臉更紅了。「而且也不是我把墨水潑在伊麗莎白的筆記上，我不會做那種……缺德的事。」

「但你剪碎了霍浩斯小姐的絲巾，小姐。」

西莉亞看起來很不安，她不太肯定地說：「那不一樣。我的意思是，瓦萊麗不會介意的。」

「背包呢？」

「哦，那不是我剪碎的，那是有人在發洩情緒吧。」

白羅拿出他從哈伯德太太的小本子上抄下來的失物清單。

「告訴我，」他說，「這次一定要說實話。到底哪些事是你做的、哪些事不是你做的？」

西莉亞看了一眼清單，立刻回答：「我不知道帆布背包、燈泡、硼砂粉和浴鹽的事。拿戒指是個錯誤，我知道它很值錢後，馬上就還回去了。」

「我了解了。」

「我真的不是故意做不誠實的事，只是……」

「只是什麼？」

西莉亞的眼裡閃過一絲警覺。

「我不知道……真的不知道，我頭腦不清楚了。」

科林專橫地插話說：「如果你不再詰問她，我會很感激。我保證這種事不會再發生了，從現在開始，我要對她負全部責任。」

「哦，科林，你對我實在太好了。」

「我希望你談談自己，西莉亞，比如說你的童年生活。你父母的關係融洽嗎？」

「哦，不。他們很不和……在家裡……」

「這樣啊。還有……」

哈伯德太太插了進來，她用充滿權威的語調說：「好了，你們兩位。西莉亞，我很高興你能勇敢站出來承擔責任，你的所作所為引起很大的恐慌和麻煩，不管怎樣，你應該感到羞愧。但我要告訴你，我相信你並沒有在伊麗莎白的筆記上潑墨水，我不相信你會做這種事。現在，你和科林可以走了，今天晚上我已經受夠你們了。」

他們關上門後，哈伯德太太深吸了一口氣。

「嗯，」她說，「你認為怎麼樣？」

赫丘勒．白羅眼裡閃過一道光，他說：「我認為，我們在一幕現代式的愛情戲裡出了不少力。」

哈伯德太太不以為然地哼了一聲。

白羅喃喃自語道：「Autres temps, autres moeurs[4]。我年輕的時候，年輕人把通神論的

4　法語，意思是「時代不同，習俗各異」。

書借給女生，或者一起討論莫里斯．梅特林克[5]的《青鳥》，一切都是感性和高度理想化的。現在，讓男生和女生走到一起的，是適應不良的生活和各種『情結』。」

「都是胡說一通。」哈伯德太太說。

白羅不表贊同。

「不，不全都是胡說，背後的原則是很合理的。但是像科林這種認真的年輕研究者所看到的，只是當事者痛苦的家庭生活和各種情結，而看不見其他面向。」

「西莉亞的父親在她四歲時就去世了，」哈伯德太太說，「她的童年生活非常幸福，母親雖然有點笨拙但很疼她。」

「啊，但她非常聰明，沒有向年輕的麥克納說出實情！她說的都是他想聽的，她真是深陷愛河了。」

「你相信他那些胡說八道嗎，白羅先生？」

「我不認為西莉亞有什麼灰姑娘情結，或者她是在無意識的情況下偷東西的。我想她冒險偷了一些不值錢的小物品，目的就在博取沉迷研究的科林．麥克納的注意，這一點，她已經成功了。如果她還只是個可愛、羞澀的普通女孩，他可能永遠也不會看她一眼。」白羅說，「在我看來，女孩子使盡一切招數去得到愛人的歡心是說得過去的。」

「我不覺得她聰明到能想出這種計畫。」哈伯德太太說。

白羅沒有回答，他皺起眉頭。

哈伯德太太繼續說：「所以我們是白忙一場了！我真的很抱歉，白羅先生，為了這點小事占用你的寶貴時間。但不管怎麼說，一切都過去了，皆大歡喜。」

「不，不，」白羅搖頭說道：「我並不認為一切都過去了。我們只是把前面一些不太重要的細節釐清了，但有些事情仍然無法解釋。而且我有種感覺……其實事態頗為嚴重，的確很令人擔心。」

「噢，白羅先生，你真的這麼覺得嗎？」

「這是一種感覺……太太，我能不能和佩翠夏・蓮恩小姐談談？我希望能檢查一下被偷的戒指。」

「當然可以，白羅先生。我馬上下樓叫她來找你，我也要和雷恩・貝特森談點事。」

佩翠夏・蓮恩很快就來了，臉上滿是懷疑的神色。

「很抱歉打擾你，蓮恩小姐。」

「哦，沒關係，我不忙。哈伯德太太說你想看看我的戒指。」

她從手上褪下戒指，遞給白羅。

5 莫里斯・梅特林克（Maurice Maeterlinck, 1862-1949），比利時的散文作家、詩人、劇作家，有「比利時的莎士比亞」之稱譽，為一九一一年諾貝爾文學獎得主，《青鳥》（*L'Oiseau Bleu*）是他最受歡迎的作品。

「鑽石很大，但做工是老式的，它是我母親的訂婚戒指。」

白羅審視著戒指，點著頭。

「你母親還在世嗎？」

「不，我父母都已經過世了。」

「真令人傷心。」

「是的。他們人都很好，可是我跟他們一直都不太親近，人總是在事後才後悔。我母親希望有個活潑漂亮的女兒，希望她喜歡漂亮服飾和社交活動，所以我選讀考古系時，她非常失望。」

「你的人生態度一直很嚴謹嗎？」

「我想是的，確實如此。生命是如此短暫，人應該做些有意義的事。」

白羅深思地看著她。

他猜想佩翠夏．蓮恩應該三十出頭，除了塗一點口紅外，衣著隨便，完全沒有化妝，暗褐色的頭髮簡單地梳向腦後，一雙宜人的藍眼睛透過鏡片嚴肅地看著你。

「真沒有魅力，天啊！」白羅心裡暗想，「看她的衣服！他們怎麼說的？倒拖過樹籬？老天，說得真好！」他覺得佩翠夏那深具教養但平板單調的聲音讓人昏昏欲睡。「這個女孩聰明、有涵養，」他在心裡說，「但是，唉，她會一年比一年乏味，等到她老的時候……」

他腦中閃現了女伯爵薇拉的身影。「那人哪怕人已遲暮，仍舊丰姿綽約、充滿魅力！現在的女孩們……可能是因為我老了，」白羅心想，「這個優秀的女孩對某個男人來說，也可能是他心中渴慕的維納斯呢。」但他仍然有點懷疑。

佩翠夏正在說著：「我真的很訝異有人會對貝絲——強斯頓小姐——做這種事。在我看來，使用綠墨水好像是故意讓人以為那是奈傑爾做的，但我向你保證，白羅先生，奈傑爾絕不會做那種事。」

「哦。」

白羅興趣濃厚地看著她，她滿臉通紅且十分急切。

「奈傑爾這個人很不容易理解，」她認真地說，「你知道嗎，他的童年生活非常辛苦。」

「我的天！又一個！」

「你說什麼？」

「沒什麼。你是說——」

「我在說奈傑爾，他有點執拗，習慣和各種權威唱反調。人很聰明，真的非常傑出，但我得說，有時他的態度很不合宜，總愛譏誚別人。他太高傲了，所以從不替自己多做解釋，就算這裡的人都認為墨水事件是他做的，他一定也懶得站出來說不是他。他只會說：『別人愛怎麼想，就讓他們去想吧。』那種態度確實非常愚蠢。」

「這樣很容易被誤解，一定的。」

「我想那是一種自尊心，因為他總是遭人誤解。」

「你認識他很久了嗎？」

「不，才認識一年。我們是在遊覽法國盧瓦爾堡時碰上的，他得了感冒，後來又轉成肺炎，我一直在他身邊照顧他。他身體很虛弱，又完全不懂得照顧自己。儘管他很獨立，但在某些方面卻像個孩子一樣需要別人照顧，他真的需要一個人來照顧他。」

白羅嘆了一口氣。他突然對愛情感到非常厭倦……先是西莉亞，一雙搖尾乞憐充滿傾慕的眼睛，現在又是佩翠夏，看起來如同虔誠的聖母瑪利亞。愛情是無處不發生，年輕人總是千里相遇共成愛侶，但是白羅，感謝上帝，已經過了那個階段。

他站起身來。

「小姐，可以允許我留下這枚戒指嗎？明天我會毫髮無傷地歸還給你。」

「當然可以，如果你需要的話。」佩翠夏非常驚奇地說。

「謝謝你。小姐，請務必當心。」

「當心？當心什麼？」

「真希望我知道。」赫丘勒．白羅說。

他仍然憂心不已。

06

第二天，哈伯德太太覺得每件事都讓她很不高興。她醒來時本來一身輕鬆，最近發生的一連串惱人事件終於一掃而光，一個傻女孩用那種愚蠢的流行手法做了傻事（關於這點，哈伯德太太很不耐煩），然後又表示負責。從現在起，就要恢復平時的秩序了。

吃了這顆定心丸，哈伯德太太下樓去吃早餐。但她輕鬆愉快的心情很快就煙消雲散，因為學生們選在這天早晨用各自的方式表現了各種騷動。

錢卓・萊爾聽說伊麗莎白的筆記遭到破壞的事，非常激動地滔滔不絕。

「這是壓迫，」他急促含糊地說，「蓄意壓迫土著民族。輕視、偏見、種族歧視，這就是一個罪證確鑿的例子。」

「喂，錢卓・萊爾，」哈伯德太太嚴厲地說，「沒人請你發表意見。還不知道是誰做的，也不知道原因。」

「但是哈伯德太太，我想西莉亞已經親自去找你，勇敢地承認了一切，」珍・湯林笙說，「我覺得她做得很棒，大家都該善待她。」

「你一定要講這些討厭的廢話嗎，珍？」瓦萊麗・霍浩斯生氣地說。

「我覺得你這樣說很不好。」

「『勇敢地承認』，」奈傑爾瑟瑟地說，「真是個令人厭惡的說法。」

「我不明白你們怎麼會這樣想，牛津人都這麼說，而且……」

「哦，老天爺，我們一定要在吃早餐的時候談什麼牛津人嗎？」

「這到底是怎麼回事，老媽？是西莉亞偷了那些東西嗎？是因為這樣她才沒下來吃早餐嗎？」

「我不懂，誰跟我解釋一下。」艾基班博說。

沒人回答他，每個人都急於發表自己的看法。

「可憐的人，」雷恩・貝特森繼續說道，「她缺錢還是怎麼的？」

「我倒不會很驚訝。你知道嗎，」莎莉緩緩說道，「我總覺得……」

「你說是西莉亞把墨水潑在我的筆記上？」伊麗莎白・強斯頓無法置信地說，「這很讓人吃驚，我不敢相信。」

「西莉亞沒有把墨水潑在你的筆記上。」哈伯德太太說，「我希望大家不要再討論這件事了。我本來想等過些時候委婉地告訴大家，但是……」

「但是珍昨天晚上在門外都偷聽到了。」瓦萊麗說。

「我不是偷聽，我只是剛好經過。」

「得了，貝絲，」奈傑爾說，「你很清楚是誰潑的墨水，就是我，壞蛋奈傑爾，用我的小小綠墨水潑的。」

「不是他，他只是說著玩罷了。哦，奈傑爾，你怎麼這麼傻呢？」

「我是犧牲自己以便掩護你，佩翠夏。昨天早上是誰把我的墨水借走了？是你。」

「我不懂，誰跟我解釋一下。」艾基班博說。

「你不需要懂，」莎莉告訴他。「如果我是你，我寧願置身事外。」

錢卓．萊爾站起身來。

「你是在問為什麼會發生茅茅運動[6]嗎？你是在問為什麼埃及人那麼憎恨蘇伊士運河嗎？」

「哦，什麼跟什麼！」奈傑爾砰一聲把杯子放到盤子上，暴躁地說，「先是牛津人，現在又是政治！這是早餐時間耶！我要走了。」

他猛然推開椅子，走出房間。

6　茅茅運動（Mau Mau），二十世紀五〇年代，肯亞人民反對英國殖民者的武裝鬥爭運動。

「外面風大，穿上你的外套。」佩翠夏在後面追著他說。

「咯、咯、咯，」瓦萊麗不客氣地說，「她快要長出羽毛、揮動翅膀了。」

法國女孩珍妮芙的英語還不太熟練，跟不上別人的談話速度。她一直聽著荷內在她耳邊細聲做解釋，這時她嘴裡飛快地迸出一串法語，音量尖細。

「Comment donc? C'est cette petité qui m'a volé mon compact? Ah, par exemple! J'irai à la police. Je ne supporterai pas une pareille...[7]」

科林・麥克納一直試圖讓別人注意到自己說的話，但他低沉、傲慢、溫吞吞的話語完全被更高的聲浪淹沒了。這時他放棄了傲慢的態度，用拳頭在桌上重重捶了一下。每個人都吃驚地停了下來，屋內一片寂靜。果醬瓶跳離桌面，掉到地上砸碎了。

「你們所有人都住嘴，聽我說！我沒聽過比這更無知、更不客氣的話了！難道你們沒有一個人稍微懂點心理學嗎？我們不該責備這個女孩。我告訴你們，她經歷過很嚴重的情感危機，她需要深厚的同情和照拂，否則她日後的生活仍舊會充滿不安。我警告你們……盡全力照顧她，這才是她需要的。」

「但不管怎麼說，」珍用清晰、一本正經的聲音說道，「儘管我很同意你說要仁慈對待的想法，但我們不該寬恕這種事情，不是嗎？我是說偷竊。」

「偷竊？」科林說，「那不是偷竊。哦，真噁心，你們這些人。」

「她是個有趣的個案，對不對，科林？」瓦萊麗對他咧嘴笑了笑。

「如果你們對心靈的活動有所研究的話，她是的。」

「當然，她沒拿我任何東西，」珍說，「但我確實認為——」

「是的，她沒拿你任何東西，」科林滿臉怒容地轉向她說，「如果你稍微了解那代表什麼意義，就不會這麼高興了。」

「確實，我不明白——」

「哦，算了吧，珍，」雷恩．貝特森說，「我們別再嘮嘮叨叨、喋喋不休了。我快遲到了，你也一樣。」

他們一起走出門時，雷恩回頭說：「叫西莉亞要振作起來。」

「我要正式提出抗議，」錢卓．萊爾說，「我的硼砂粉被拿走了，我的眼睛因為學習過度而變得紅腫，我需要硼砂粉。」

「你也快遲到了，錢卓．萊爾先生。」哈伯德太太語氣強硬地說。

「我的教授常常不準時，」錢卓．萊爾陰鬱地說，但還是向大門走去。「而且，每次我問他一堆研究上的問題時，他就開始生氣，不可理喻。」

「Mais il faut qu'elle me le rende, ce compact[8]。」珍妮芙說。

7 法語，意思是「真的嗎？是那個小女孩把我的粉盒偷走了！啊！我一定要去警察局報案，這種做法真讓我受不了」。

8 法語，意思是「她應該把粉盒還我」。

「你應該說英語的，珍妮芙。如果你一激動就說法語，你永遠也學不會英語。還有，這個星期你吃了週日晚餐，可是你還沒付錢給我。」
「啊，我現在沒帶錢包，今天晚上……Viens, René, nous serons en retard[9]。」
「誰跟我解釋解釋呀，」艾基班博以懇求的目光環顧四周說，「我還是不懂。」
「走吧，艾基班博，」莎莉說，「到教室的路上我再告訴你。」
她向哈伯德太太點點頭，要她放心，然後帶著一臉茫然的艾基班博離開。
「哦，天啊，」哈伯德太太深吸了一口氣說，「我怎麼會挑上這種工作！」
瓦萊麗是唯一留下來的人，她友善地露齒笑了笑。
「別擔心，老媽，」她說道，「事情水落石出總是件好事，不然每個人都提心吊膽。」
「我承認我非常驚訝。」
「竟然是西莉亞？」
「對啊。你不驚訝嗎？」
瓦萊麗相當冷漠地說道：「其實很明顯，我早就應該想到的。」
「你一直這麼想？」
「嗯，有一兩件事讓我很好奇。不管怎麼說，她是如願得到科林了。」
「是的。但我總覺得這種做法不太對。」
「既然沒辦法用槍得到一個男人，」瓦萊麗笑起來。「玩個有偷竊癖的小把戲就能達到目的了。別擔心，老媽。拜託你，叫西莉亞把粉盒還給珍妮芙吧，不然以後我們吃飯時永遠也不得安寧了。」

哈伯德太太嘆口氣說道：「奈傑爾把他的碟子敲裂了，果醬瓶也破了。」

「很糟糕的一個早上，對不對？」

瓦萊麗說著走了出去，哈伯德太太聽見她愉快的聲音在大廳裡響起。

「早安，西莉亞，危機解除了，真相大白而且大家都謹奉神諭諒解你了。至於科林，他為了你而像頭獅子一樣地大吼大叫。」

西莉亞走進飯廳，一雙眼睛哭得紅腫。

「哦，哈伯德太太。」

「你遲到很久了，西莉亞。咖啡都涼了，剩下的食物也不太多了。」

「我不想和其他人見面。」

「我了解，但你遲早得見他們。」

「哦，是的，我知道。我想，到今天晚上……可能會好一點。而且，當然，我不會留在這兒了，這個週末我就搬走。」

9　法語，意思是「快走，荷內，不然我們就要遲到了」。

哈伯德太太皺起眉頭。

「我想沒必要這樣吧。你當然要有心理準備，是會有一些小小的不愉快，但這很公平，他們都算是心地寬厚的年輕人。你是該盡可能地做些補償。」

西莉亞急切地打斷她。

「哦，是的，我把支票簿帶來了，這是我想跟你說的一件事。」她低垂著眼，手上拿著一本支票和一枚信封。「我怕萬一下樓的時候你不在，所以寫了一封信給你。我想告訴你我非常抱歉，而且想放一張支票在信封裡，這樣你就可以逐一和他們結帳。可是鋼筆正好沒水了。」

「我們得列個單子。」

「我已經盡量周全地列出來了，但我不知道是還他們錢好，還是買新的還給他們好。」

「我考慮看看，現在一下很難說哪種做法比較適當。」

「哦，那我先把支票交給你，這樣我心裡就好過多了。」

哈伯德太太正想毫不留情地說「是嗎？我們憑什麼要讓你覺得好過些」時，猛然想到，既然學生們總是缺錢用，這麼做可能比較容易解決事情；而且也可以安撫一下珍妮芙，否則她可能會到妮可萊蒂太太那兒去搗亂（麻煩實在已經夠多了）。

「好吧。」她飛快掃視一下清單上的物品。「現在很難說要多少錢。」

西莉亞急切地說：「你大概估個數目，我先給你一張支票。等你跟他們問清楚之後，我再補上或跟你領回多給的。」

「那好。」

哈伯德太太大略估計出一個她覺得較為充裕的數字，西莉亞立刻表示同意，她打開支票簿。

「哦，這支麻煩的筆。」她向架子走去，那兒放著學生們的瑣碎物品。「看來除了奈傑爾那瓶可怕的綠墨水外，沒有別的墨水了。唉，就用它吧，奈傑爾不會介意的，我一定要記住，出去時買一瓶新墨水回來。」

她吸滿墨水走回來，填寫了支票。

她把支票遞給哈伯德太太後，看了一眼手錶。

「我快遲到了，還是不要吃早餐了。」

「喂，你最好吃點東西，西莉亞，哪怕是一點麵包和奶油也好，餓著肚子對身體不好。嗯，什麼事？」

義大利男僕傑羅尼莫走進屋子，比了一個明顯的手勢，他本就猴子樣的臉緊皺著，一副讓人發笑的苦相。

「老闆剛到，她想見你。」他又做了一個手勢，加了一句：「她快瘋了。」

「我馬上來。」

當西莉亞急匆匆地切下一片麵包時，哈伯德太太離開了房間。

子。

　　妮可萊蒂太太正在房裡急撲撲地走來走去，如同公園裡的餓虎在餵食時間來臨前的樣

「我聽到的到底是怎麼回事？」她咆哮起來。「你報警了？什麼都沒跟我說？你以為你是誰？我的天，這個女人以為她是誰？」

「我沒報警。」

「你在撒謊。」

「喂，妮可萊蒂太太，你不能用這種態度對我說話。」

「哦，不能，當然不能！都是我的錯。你沒錯，都是我錯。你做的每件事情都盡善盡美，竟然叫警察到我這家正派經營的宿舍來！」

「這又不是第一次。」哈伯德太太回憶起各種令人不快的事件。「有個西印度群島的學生因為非法營利而遭到通緝，有個惡名昭彰的共產黨煽動份子曾經用化名住在這裡，還有啊……」

「啊！你想用這些來堵我？難道他們對我撒謊、偽造文件、牽連到謀殺案而被警方審問，都是我的錯？你還拿我遭受的痛苦來責備我！」

「我根本沒有，我只是要告訴你，警察來這裡又不是什麼新鮮事，住這麼一大群形形色色的學生，這種事本來就是不可避免的。但事實上，並沒有人『報警』。有位聲名卓著的私家偵探昨晚剛好來做客，和大家共進晚餐，他向學生們發表了一個犯罪學的精采演講。」

「根本沒必要向這些學生做什麼犯罪學演講！他們已經懂得夠多了，多到他們高興怎麼偷、怎麼破壞、怎麼搞怪都可以！而我們什麼辦法也沒有，什麼事都做不了！」

「我已經在處理了！」

「是呀，你把我們內部最機密的事告訴你那位朋友，這完全是侵犯隱私。」

「才不是。我負責管理這個地方，我很樂意告訴你，事情已經完全解決了。有個學生承認大部分事情都是她做的。」

「骯髒的小野貓，」妮可萊蒂太太說，「把她趕出這條街。」

「她自己已經準備離開了，而且她會全額賠償。」

「那有什麼用？我美麗的國際學舍現在已經蒙上汙名，沒人會再來了。」妮可萊蒂太太在沙發上坐下來，淚如雨下。「沒有人考慮到我的感受，」她抽泣著。「真是豈有此理，竟然這樣對待我。算了，不管它！如果我明天死了，誰會在乎？」

哈伯德太太聰明地離開房間，避免回答這個問題。

「願全能的主賜予我耐心。」哈伯德太太自言自語，然後下樓到廚房找瑪麗亞。

瑪麗亞愁眉不展，不願合作。空氣中浮盪著「警察」這個字眼。

「會被控告的是我，可憐的傑羅尼莫和我。在別人的國家你能期望得到什麼正義？不，我無法照你要求的做頓義大利飯——他們送來的不是我們要的米，我改做義大利麵來代替。」

「我們昨天剛吃過義大利麵。」

「那沒關係，在我們國家，我們天天都吃義大利麵，每一天都吃。義大利麵什麼時候吃都美味。」

「沒錯，但你現在是在英國。」

「好，那我做燉肉，英國燉肉。你不會喜歡的，但我要做……很乏味很乏味，洋蔥不是放在油裡炸，而是放在一堆水裡煮，再加上碎骨頭上的白肉。」

瑪麗亞滿嘴恐嚇，哈伯德太太覺得好像在聽她描述一件謀殺案。

「哦，你想做什麼就做什麼吧。」她生氣地說著，離開了廚房。

§

當晚六點鐘，哈伯德太太又恢復了以往的工作效率。她在所有學生的房中留了字條，請他們晚餐前去找她。當大家依指示前往時，她說明了西莉亞請她出面處理的事情。她覺得他們的反應都不錯，即使是珍妮芙，聽到對她粉盒的慷慨估價後，態度也軟化下來，興高采烈地說，過去的就 sans rancune[10]，然後又聰明地加了幾句：「我們知道這種精神危機任何人都會發生，西莉亞很有錢，她沒有必要偷東西，這只是她精神上的一次風暴，麥克納先生是對的。」

當哈伯德太太在晚餐鈴響後從樓上下來時，雷恩・貝特森將她拉到一邊。

「我要在大廳等西莉亞，」他說，「然後帶她進去，這樣她就會知道一切都過去了。」
「你太體貼了，雷恩。」
「沒什麼，老媽。」
正當大家在傳遞湯盆時，雷恩低沉的聲音從大廳傳來。
「來，進來，西莉亞，朋友們都在。」
奈傑爾對著他的湯盤尖酸地評論道：「這傢伙在做他的日行一善！」
但不管怎麼樣，他還是控制住自己的舌頭，當雷恩粗大的手臂攬著西莉亞的肩走進來時，他揮了揮手跟西莉亞打了個招呼。
餐桌上突然出現了各種愉悅的話題，大家都在討好西莉亞。
但不可避免的，這種表示善意的聲音愈來愈小，最後終歸於沉寂。於是艾基班博靠著桌子傾身向前，容光煥發的臉轉向西莉亞說道：「我不了解的地方他們都跟我解釋清楚了，你偷東西好厲害啊，這麼久都沒有人發現，真聰明。」
莎莉・芬奇倒吸一口氣。
「艾基班博，你要害死我呀！」

10 法語，意思是「不必計較」。

她嗆得太嚴重，不得不跑出大廳去，大廳裡爆出一陣哄堂笑聲。

科林．麥克納來晚了，他看起來很沉默，比平時更難交談。就在晚餐快結束，大家即將吃飽前，他站起來侷促不安地囁嚅道：

「我得出去看個人。我想先告訴大家，西莉亞和我……希望在明年我獲得學位後結婚。」

他面紅耳赤地接受大家的祝賀以及譏誚的口哨聲，最後害臊地逃走了。相反地，西莉亞滿面紅光，神情泰然。

「又少了個好男人。」雷恩．貝特森嘆息著說道。

「我太高興了，西莉亞。」佩翠夏說道，「希望你幸福快樂。」

「一切盡如人意，」奈傑爾說道，「明天我們帶點義大利紅酒來慶祝。我們親愛的珍怎麼看起來這麼沉重呢？你不贊成結婚嗎，珍？」

「當然不是，奈傑爾。」

「我一直認為，婚姻比沒有約束的愛情好得多，不是嗎？對孩子來說更好，身分證上好看多了。」

「但母親不應該太年輕，」珍妮芙說，「我們在生理課上講過一個這樣的例子。」

「喂，親愛的。」奈傑爾說，「你不是在暗示西莉亞還不到法定年齡吧？她單身，『純白』，芳齡二十一。」

「這是種很唐突無禮的說法。」錢卓．萊爾說。

「不，不，錢卓．萊爾，」佩翠夏說，「那只是一種……一種慣用語，沒別的意思。」

「我不懂，」艾基班博說，「如果它什麼意思都沒有，為什麼還要說呢？」

伊麗莎白．強斯頓突然稍稍提高聲音說：「有時一些看起來沒什麼意思的話，可能有很多含義。不，我指的不是你引用的那句美國用語，我說的是別的。」她環顧桌子四周繼續說：「我在說昨天發生的事。」

瓦萊麗嚴厲地說：「怎麼了，貝絲？」

「哦，請別這樣，」西莉亞說，「我想……我真的這麼想，到明天一切都會水落石出。我是說真的。我是指潑在你筆記上的墨水，還有對那個帆布背包做的傻事。如果，如果那個人像我一樣站出來勇敢地承認，那麼一切就真相大白了。」

她紅著臉急切地說著，有一兩個人好奇地看著她。

瓦萊麗輕笑了一聲說：「然後我們從此就可以過著幸福快樂的生活了。」

他們紛紛起身走進休息室，大家爭著為西莉亞倒咖啡，接著有人打開收音機，有的則離開去赴別的約會，有的回房做功課。最後住在山胡桃路二十四號和二十六號的人們各自上床就寢。

哈伯德太太想到，這真是漫長而勞累的一天。她邊想邊以感激的心情爬上床，鑽進被窩裡。

「感謝上帝，」她在心裡說道，「現在一切都過去了。」

07

萊蒙小姐很少作息不規律，不管是遭遇大霧、暴風雨、流行感冒或交通阻塞，她都不曾有過遲到的記錄，沒有什麼事能影響這位毅力驚人的女性。但是今天上午萊蒙小姐上氣不接下氣地趕來時，時間不是在十點整，而是十點已過五分。她連連致歉，顯得心煩意亂。

「我非常抱歉，白羅先生，真的非常抱歉。我正要出門時，接到我姐姐的電話。」

「她身體、精神還不錯吧？」白羅探詢地看著她。

「哦，坦白說，她很不好，很苦惱。有個學生自殺了。」

白羅盯著她看，他輕輕地低聲咕噥了幾句。

「你說什麼，白羅先生？」

「那個學生叫什麼名字？」

「西莉亞・奧斯汀。」

「怎麼自殺的？」

「他們說她是吃了嗎啡。」

「會不會是意外？」

「哦，不是，她好像留了一張字條。」

白羅輕輕說道：「和我料想的不一樣，不，不是這樣……不過話說回來，我早料到會出事的。」

他抬起頭，發現萊蒙小姐拿著一枝鉛筆和記事本，全神貫注地等待著。他嘆了口氣，搖了搖頭。

「今天不必，上午的這些郵件都交給你，請把它們歸檔，並盡量回覆，我要去山胡桃路走走。」

傑羅尼莫開門讓白羅進入，認出他就是兩天前來訪過的那位貴客後，立刻像是在密謀地往白羅耳邊喋喋不休。

「啊，先生，是你，我們有麻煩了，大麻煩。那個年輕小姐今天早晨死在床上，醫生來過，搖頭說沒救了。現在警探也來了，他和哈伯德太太還有老闆在樓上。那個可憐的女孩為什麼要自殺呢？昨天晚上大家都高高興興，她也宣布訂婚了。」

「訂婚？」

「對啊，對啊，和科林先生，就是那個身材高大、黑皮膚、老是抽著菸斗的人。」

「我知道。」

傑羅尼莫打開休息室的門，態度鬼祟地帶領白羅進去。

「你待在這裡，好嗎？一會兒等警察走了，我告訴哈伯德太太你在這裡，好嗎？」

白羅表示同意後，傑羅尼莫退了出去。白羅獨自留在休息室裡，毫無顧忌地仔細搜查了裡面所有的東西，特別是學生們的私人物品，他檢查得更加認真。檢查結果不太理想，大部分的個人物品和私人文件都放在各自的臥室裡。

樓上，哈伯德太太面對夏普警探而坐，夏普警探輕鬆但略帶歉意地進行詢問。他長得魁梧，態度溫和。

「我知道這件事使你很難堪，也很痛苦。」他安撫著說，「但你知道，就像科爾斯醫生告訴你的，我們必須做些調查，以便弄清楚事情的真相。你說最近這個女孩很沮喪、很不快樂嗎？」

「是的。」

「因為感情因素？」

「不全是。」哈伯德太太遲疑了一下。

「你最好告訴我，」夏普警探勸服道，「我說過，我們要弄清事情真相。是不是有什麼原因，或是她自己認為有什麼原因，讓她必須結束自己的生命？會不會她已經懷孕了？」

「完全不是那種事。我很為難，夏普警探，這個孩子曾做過一些傻事，我希望不必把它張揚開來。」

夏普警探咳了一聲。

「我們一向很謹慎，而且驗屍官也懂得人情世故。我們一定得知道是怎麼回事。」

「是的，當然，我太蠢了。實際情形是，過去一段時間，三個多月以來，我們老是掉東西。我是說，一些小東西，都不太重要。」

「你是說小飾品、漂亮的衣服或尼龍襪這類東西？包括錢嗎？」

「就我所知沒有掉過錢。」

「哦，是這女孩拿的？」

「對。」

「你當場抓到她了？」

「不完全是。前天晚上，嗯，我有個朋友來吃飯，赫丘勒．白羅先生，不知道你認不認識他？」

夏普警探從筆記本上抬起頭，睜大眼睛，顯然他十分熟悉這個名字。

「赫丘勒．白羅先生？」他說，「真的？那太有意思了。」

「晚餐後他為我們做了一場小型演講，大家談到近來失竊的事，他當著所有人的面建議我報警。」

「真的，他這樣建議？」

「散會後，西莉亞到我房間招認一切，她很難過。」

「有人要控告她嗎？」

「沒有，她打算賠償，大家對她的態度都挺友善的。」

「她手頭緊嗎？」

「不會，她在聖凱薩琳醫院當藥劑師，待遇不錯，她比這裡的大部分學生都有錢。」

「所以她沒必要去偷東西，但是她卻偷了。」警探說著，將它記到本子上。

「我想是偷竊癖。」哈伯德太太說。

「一般是這麼叫的。我指的是，一個人毫無必要去偷竊，不過還是忍不住偷了。」

「這種說法可能未必符合。你知道，其中牽涉到一個男人。」

「他背叛她？」

「哦，不，恰好相反，他強烈為她辯護。事實上，昨天晚餐過後，他向大家宣布他們訂婚了。」

夏普警探驚奇得眉頭高聳。

「然後她便上床休息，吞了嗎啡？太奇怪了，不是嗎？」

「沒錯，我實在搞不懂。」

哈伯德太太困惑、痛苦的臉皺成一團。

「但事實很清楚。」

夏普朝桌上一小張撕下來的紙片點點頭。

親愛的哈伯德太太，我真的很抱歉，但我只能這麼做了。

「沒有簽名，你確定這是她的筆跡？」

「對。」

哈伯德太太說時有點猶豫，當她再看著那張紙片時，眉頭也皺了起來。為什麼她感覺十分不對勁？

「上面的指紋確實是她的。」警探說道，「嗎啡是放在一個小瓶子裡，瓶上的標籤是聖凱薩琳醫院的標籤。你說她是聖凱薩琳醫院的藥劑師，她可以打開毒品藥櫃，她可能就是從那裡拿到嗎啡。或許，昨天她就有自殺的念頭，所以才把它帶回家。」

「我實在沒辦法相信，看起來總有點不對勁，她昨天晚上還那麼高興。」

「那可能是她上床後反覆思索的結果，也許她過去有很多事是你不了解的，也許她害怕那些事洩漏出去。你覺得她非常愛那個年輕人……他叫什麼名字？」

「科林・麥克納，他是聖凱薩琳的研究生。」

「醫生？也在聖凱薩琳醫院？」

「西莉亞非常愛他，而且，可以說，愛得比他深。他是個十分自我中心的人。」

「那可能就是原因，她覺得配不上他，或者沒有把她該說的都告訴他。她很年輕，對吧？」

「二十一歲。」

「這個年紀的年輕人都是太過理想化，把愛情看得太重。沒錯，我想這就是了，真可憐。」他站起來。「事實真相還是得逐一查清，但我們會盡可能掩飾過去的事。謝謝你，哈伯德太太，需要了解的我都已經問了。她母親兩年前去世了，你說唯一的親戚是住在約克郡的一位老姨媽？我們會和她聯絡。」

他拿起那張寫有西莉亞煩亂字跡的小紙片。

「有些東西不太對勁。」哈伯德太太突然說。

「不對勁？什麼地方？」

「我不知道，但我覺得我應該知道。哦，真是的。」

「你確定這是她的筆跡嗎？」

「沒錯，但我指的不是這個。」哈伯德太太用手按了按眼睛。「今天早上我真的很遲鈍。」她抱歉地說。

「我知道，你一定感到很痛苦。」警探先生深表同情。「我不該再煩擾你了，哈伯德太太。」

夏普警探打開門，傑羅尼莫突然跌了進來。剛才他一直緊靠在門上。

「嗨，」夏普警探和悅地說，「在門外偷聽啊！」

「不，不，」傑羅尼莫義正辭嚴地回答，「我沒有偷聽，我從不、從不偷聽！我只是正好要進來通報。」

「原來如此，通報什麼？」

傑羅尼莫惱怒地說道：「就是樓下有位紳士想見哈伯德太太。」

「好。進去吧，小夥子，去跟她說吧。」

他經過傑羅尼莫身邊沿著走廊離開了，接著他依樣畫葫蘆，猛然轉身，躡手躡腳地摸了回來。最好可以弄清那個小猴臉說的是不是實話。

他剛好聽到傑羅尼莫說著：「前幾天來吃晚餐的那位紳士，那個留著鬍鬚的紳士，他正在樓下等著見你。」

「嗯？什麼？」哈伯德太太聽起來心不在焉。「哦，謝謝，傑羅尼莫，我一兩分鐘後就下來。」

「留著鬍鬚的紳士，嘿，」夏普暗想著，咧嘴笑了。「我知道是誰了。」

他下樓走進休息室。

「嗨，白羅先生，」他說，「好久不見了。」

白羅本來蹲在火爐旁的底層架子前，聞聲後不慌不忙地站了起來。

「啊哈，」他說，「正是，沒錯，你是夏普警探，不是嗎？你以前不是在這區服務。」

「兩年前調來的，還記得克雷斯山的那件案子嗎？」
「是呀，那是很久以前的事了。你看起來還很年輕啊，警探。」
「老了，老了。」
「我才是個老頭子了，唉！」白羅嘆息著。
「但看來仍舊相當活躍，嗯，白羅先生，或者說在某些方面仍舊很活躍？」
「什麼意思？」
「我是說，我想知道你前幾天怎麼會到這裡為學生們做犯罪學的演講。」
白羅笑了。
「答案很簡單。哈伯德太太是我得力助手萊蒙小姐的姐姐，所以她要求我——」
「她要求你調查最近發生的事，你就來了。就是如此，對吧？」
「完全正確。」
「但是目的何在？那才是我想知道的。這裡發生了什麼事竟可以把你吸引過來？」
「你是說，什麼事引起我的興趣？」
「是的。這裡是有個傻孩子四處順手牽羊，但這種事情哪裡都有，對你來說應該不值一提，不是嗎，白羅先生？」
白羅搖了搖頭。
「不是這麼簡單。」

「怎麼說？有什麼事不簡單？」

白羅坐到椅子上，皺著眉頭拍拍膝蓋處的褲子。

「我也希望我知道。」他簡潔地說。

夏普也皺起眉頭。

「我不明白。」他說。

「是的，我也不明白，被偷的那些東西……」他搖搖頭。「那些東西全無關聯，毫無意義。就像看到一行腳印，但這些腳印並不是同一雙腳踩出來的。其中很清楚的有你稱作『傻孩子』那人的腳印。但不只這樣，有些是故意做成西莉亞．奧斯汀的行為模式……但實際上並不是。它們毫無意義，表面看起來也沒什麼目的，但背後居心叵測，而西莉亞的行為並沒有惡意。」

「她是個偷竊狂嗎？」

「我很懷疑。」

「那麼只是普通的小偷？」

「不是你說的那種。告訴你我的看法：她偷那些小東西，是為了吸引某個年輕人的注意。」

「科林．麥克納？」

「是的，她深深地愛戀科林．麥克納。科林從來沒注意過她，所以她把自己弄成一個值得研究的青少年罪犯，而不再只是善良、可愛、品行端正的女孩。結果她成功了，科林·麥克納很快就愛上她，就像他們說的，全面淪陷。」

「那他一定是個十足的傻瓜。」

「也不能這麼說，他是個熱中研究的心理學家。」

「哦，」夏普警探哼了一聲。「那種人！現在我明白了。」他臉上出現了一抹微笑。「好聰明的女孩。」

「超級聰明。」白羅重複著說，「是的，超級聰明。」

夏普警探警覺起來。

「你這話有弦外之音，白羅先生。」

「我一直很好奇，是不是有人教她這個辦法？」

「那人為什麼要這麼做？」

「我怎麼知道？利他主義？出於某種隱祕的動機？有人躲在暗處操縱。」

「你覺得是誰在幫她出主意？」

「不知道。除非……但不會的……」

「說來話長，」夏普沉思著說，「我還是不太懂。如果她玩了這個偷竊癖的把戲，而且最後成功了，那為什麼還要自殺呢？」

「答案是，她不應該是自殺。」

兩個人對視著。

白羅喃喃說道：「你真能確定她是自殺？」

「就像青天白日一樣清楚，白羅先生，沒有其他可能，而且……」

門開了，哈伯德太太走了進來，她臉色通紅，志得意滿，下巴直挺挺地伸著。

「我知道了，」她得意地說，「早安，白羅先生。我知道了，夏普警探，我突然想起來了。我是說，我知道那份遺書哪裡有問題。它不可能是西莉亞寫的。」

「為什麼不可能，哈伯德太太？」

「因為那是用普通的藍黑色墨水寫的，而西莉亞鋼筆裡灌的是綠墨水，就是那瓶，」哈伯德太太向架子那邊點點頭。「她是昨天早上吃早餐時裝的。」

哈伯德太太說完後，夏普警探突然走出房間又很快回來，表情有點異樣。

「完全正確，」他說，「我檢查過了，女孩房間裡只有一支筆，放在她的床旁邊，裡面是綠墨水。既然是綠墨水……」

哈伯德太太舉起幾乎全空的瓶子，接著，她把昨天早餐時的事清楚精確地向他們說明了一遍。

「我確信，」她最後說道，「那張紙片是從她昨天寫給我的一封信上撕下來的。那封信我還沒打開過。」

「她後來怎麼處理那封信？你還記得嗎？」

哈伯德太太搖了搖頭。

「我留她一個人在這兒，回去做我自己的事。我想她一定是把它放在這裡的某個地方，然後就忘了。」

「有人發現它，打開它，那人……」他停了一下。「你知道，」他說，「這意味著什麼吧？我一直對這張撕下來的紙片充滿疑慮。她房間有一大疊筆記用紙，照理說會拿它們來寫遺囑才是。這表示有人利用她寫給你的那封信的開頭，表達了完全不同的意思，暗示要自殺……」

他停了一會兒，接著慢慢說道：「這表示……」

「謀殺。」赫丘勒．白羅說。

08

儘管白羅一向不贊成喝下午茶，因為那會影響一天的正餐——晚餐，但現在他已經完全習慣在下午享用茶點了。

機靈的喬治已經擺好了大茶杯、一壺濃濃的印度茶，而且除了熱騰騰塗了奶油的鬆脆烤餅外，還有麵包、果醬和一大塊鋪滿葡萄乾的蛋糕。

夏普警探滿足地靠在椅子上，啜飲著第三杯茶、享受著糕點。

「你不介意我就這麼到貴府拜訪吧，白羅先生？在學生們回來以前，我有一個小時的空檔。我想一個個調查。坦白說，我也不喜歡這種差事。你前幾天晚上和他們見過面，不知道能不能提供一些情報……針對那些外國學生。」

「你覺得我比較會評斷外國人嗎？可是，老兄，他們之中可沒有比利時人。」

「沒有比利時……哦，我懂你的意思了！你是說，既然你是比利時人，所以其他國家的人對你來說就跟對我一樣，都是外國人。但也不盡然，不是嗎？我是說，你應該比我了解歐洲大陸的人，就算不包括西印度群島和西非那些人。」

「你可以請哈伯德太太幫忙，她和那群年輕人相處了好幾個月，而且她對人性知之甚詳。」

「沒錯，她是個非常精明的人，我很依賴她的判斷。我還得去拜訪宿舍的老闆，她今天早上不在。據我所知，她擁有好幾家宿舍和學生俱樂部，但看來並不是個討人喜歡的人。」

白羅一時什麼也沒說，接著他問：「你去過聖凱薩琳醫院了嗎？」

「是的，總藥劑師幫了很多忙。他得知這個消息後非常震驚，也很傷心。」

「他怎麼說那個女孩？」

「她在那兒只工作了一年，大家都很喜歡她。他說她生性遲鈍，但很正直認真。」他停了一會兒，接著補充道：「嗎啡確實是從那兒拿走的。」

「真的？那很有意思，也很令人費解。」

「是酒石酸鹽嗎啡，一直放在藥劑室的毒品櫃最上層，那裡放的都是不常用的藥品。當然，這種藥品用在皮下注射還滿普遍的，但鹽酸嗎啡比酒石酸鹽嗎啡更常使用。好像藥品和其他東西一樣，也會趕流行，醫生開藥方也都是一窩蜂。這不是他說的，是我自己想的。藥櫃頂層的一些藥也曾經流行過，但近年都沒人用了。」

「所以一小瓶布滿灰塵的藥失蹤了，也不會馬上被注意到。」

「沒錯。庫存盤點是定期進行的，沒有人記得醫生最後一次在處方上開酒石酸鹽嗎啡是什麼時候了。除非有人再開藥方，或者是盤點，否則不會有人注意到少了一瓶。三個藥劑師都有毒品櫃和危險性藥品櫃的鑰匙。藥櫃門經常都是敞開的，如果有一天工作繁忙（實際上每一天都很忙），每隔幾分鐘就會有人到藥櫃那兒去。藥櫃直到下班才會上鎖。」

「除了西莉亞自己，誰還接近過它？」

「還有另外兩個藥劑師，但她們和山胡桃路的宿舍毫無關係。一個在那裡待了四年，另一個以前在德文郡的一家醫院工作，幾個禮拜前才剛來，記錄良好。還有三個資深藥劑師，也都在聖凱薩琳好多年了，這些人全部有正當理由可以接觸藥櫃。另外有一個負責拖地的老太太，每天早上九點到十點在那裡工作。如果那幾個女孩忙著在門診窗口給藥，或者為住院病人送藥，那她是有可能從藥品櫃偷偷拿走一瓶。但是她在那家醫院已經工作了很多年，看來可能性不大。實驗室管理員送來藥品時，如果看準時機，也可能偷走一瓶，但是這些假設都不太可能發生。」

「哪些外人可以進入藥劑室？」

「很多，各種人都有。比如說穿過藥劑室去總藥劑師辦公室的人，還有大藥廠的推銷員也要穿過房間才能到達藥品部門。當然，有時藥劑師的朋友也會去看她們，這種事不常見，但確實有。」

「那就更好了，最近誰來找過西莉亞．奧斯汀？」

夏普翻著他的筆記本。

「上週二有個叫佩翠夏・蓮恩的女孩去找過她，她邀西莉亞下班後去看電影。」

「佩翠夏・蓮恩。」白羅若有所思地說著。

「她在那裡只待了五分鐘，沒有走近毒品櫃，只在門診領藥處窗口和西莉亞及另一個女孩聊天。她們還記得有個有色人種的女孩來過，大概兩個禮拜前，她們說是個很優秀的女孩。她對她們的工作很感興趣，問了很多問題，還做了筆記，她英語說得很好。」

「那可能是伊麗莎白・強斯頓。她很感興趣，是嗎？」

「那天下午有義診，她對它的活動內容以及開給嬰兒腹瀉和皮膚感染這類病症的藥很感興趣。」

白羅點點頭。

「還有別人嗎？」

「她們記不得了。」

「醫生也會到藥劑室嗎？」

夏普笑了。

「經常去，有時和工作有關，有時和工作無關；有時去詢問什麼特殊配方，或去看看有哪些存貨。」

「看存貨？」

「對，我也考慮過這點。有時他們是來徵求意見，比如說更換某些似乎會過度刺激病人皮膚或影響消化的藥品，不忙的時候也會到藥劑室和藥劑師聊聊天。有些年輕小夥子宿醉時，就去要點阿斯匹靈之類的藥。還有些時候，我看，他們是藉機和藥劑室的女孩搭訕，這是男人本色。都是這類的事，希望不大。」

白羅說：「如果我沒記錯的話，山胡桃路還有一兩個學生和聖凱薩琳醫院有關係。有個塊頭很大、紅頭髮的男生，叫貝特斯或貝特曼……」

「雷恩．貝特森。沒錯，還有科林．麥克納，他在那裡讀研究所。另外還有一個女孩叫珍．湯林笙，在物理治療室工作。」

「他們經常到藥劑室嗎？」

「是的，而且，因為大家經常看見他們，也認識他們，所以沒人記得他們什麼時候去過。珍．湯林笙還是資深藥劑師的朋友。」

「真傷腦筋。」白羅說。

「可不是嗎？你看，任何一位工作人員都可能看了看毒品櫃，說『你們幹嘛放這麼多亞砷酸鉀溶液在這裡』，或『搞不懂現在還有誰用它？』等等的話，沒有人會多想什麼，或把這件事記住。」夏普停了一會兒，接著說道：「我們的假設是，某個人把嗎啡拿給了西莉亞，事後再將嗎啡瓶和那張信上撕下來的紙片放到她房間裡，好讓人看起來以為是自殺。但這是為什麼，白羅先生，為什麼？」

白羅搖了搖頭。

夏普繼續說道：「今天上午你曾提過，可能是有人教西莉亞佯裝偷竊狂。」

白羅不安地動了動身子。

「我只是隱約有這種想法，我感覺她自己沒辦法想出這個主意。」

「那會是誰呢？」

「據我所知，只有三個學生有能力想出這種辦法。雷恩．貝特森可能具有相關知識，他知道科林熱中於研究『性格失調』，他可能把它當笑話告訴西莉亞，建議她怎麼做。但是我看不出來他怎麼可能縱容這件事長達數月，除非他有不為人知的動機，或者他其實表裡不一（這點是任何時候都得列入考慮的）。奈傑爾．查普曼這個人愛惡作劇，有點邪惡，他可能覺得這樣很好玩，可以想像他做事毫無顧忌。他是個成年人，卻像個長不大的頑童。我想到的第三個人是瓦萊麗．霍浩斯這個年輕女孩，她很有頭腦，外表和觀念都很新潮，可能讀過很多心理學方面的書，能預料到科林的反應。如果她喜歡西莉亞，可能會覺得和科林開個玩笑沒什麼了不得。」

「雷恩．貝特森、奈傑爾．查普曼、瓦萊麗．霍浩斯，」夏普邊說邊記下這些名字。「謝謝你的指點，詢問他們時，我會特別留意。那些印度人怎麼樣？其中有一個是學醫的。」

「他滿腦子都是政治和被害妄想，」白羅說，「我不覺得他會建議西莉亞．奧斯汀扮演偷竊狂，而且我認為即使他提出了，她也不會接受。」

「你能告訴我的就是這些了嗎，白羅先生？」夏普說著站起身來，闔上筆記本。

「恐怕就這些了。如果你不反對的話，我將照我個人的觀察行事。」

「當然不會，我怎麼會反對？」

「用我自己的業餘方式，我要盡我所能做一些事。我想，對我來說，方法只有一種。」

「是什麼？」

白羅嘆了口氣。

「交談，我的朋友。除了交談還是交談！我碰過的殺人犯大都很喜歡說話。就我看來，三緘其口的人不太會犯罪，如果犯罪了，也會是一種簡單的暴力行為，而且手法非常明顯。聰明靈巧的殺人犯，一般總是自視甚高，所以遲早會說溜嘴，露出狐狸尾巴來。和這些人聊聊天，親愛的，不要只把自己侷限在簡單的訊問。要鼓勵他們發表看法，請求他們的幫助，詢問他們有什麼預感。唉，我的天！我沒必要班門弄斧，我知道你的能力不容小覷。」

夏普溫和地一笑。

「是的，」他說，「我一直覺得，呃，態度友好和善，對破案很有幫助。」

兩人會心地相視一笑，夏普站起身來準備離去。

「我想他們每個人都可能是凶手。」他慢聲說道。

「我也這樣認為，」白羅平靜地說，「比如說雷恩．貝特森脾氣大，他可能一時失控。瓦萊麗有頭腦，能精細地籌畫。奈傑爾．查普曼處事不知輕重，十足孩子氣。還有一個法國女孩，如果涉及到錢財，她也可能殺人。佩翠夏．蓮恩是個充滿母性的人，而充滿母性的人總是殘酷無情。那個美國女孩莎莉．芬奇是個樂天派，但她可能比其他人都更會偽裝。珍．湯林笙可愛、正直，但是大家都知道，有很多殺人犯也上主日學，充滿了虔誠奉獻之心。那個西印度群島來的女孩伊麗莎白．強斯頓可能是國際學舍裡頭腦最好的人，她的理智凌越感情，那是很危險的。還有一個可愛的年輕非洲人也可能有殺人的動機，而他的動機我們可能永遠也猜不到。還有科林．麥克納，那個心理學家……有多少心理學家本身就需要接受治療？」

「老天爺，白羅，你說得我頭都痛了！就沒有一個人絕對不會殺人嗎？」

「我也常在想這個問題。」赫丘勒．白羅說。

09

夏普警探嘆了一口氣，靠回椅背，用手帕擦了一下額頭。他已約談了一個憤憤不平、淚眼汪汪的法國女孩；一個高傲、不合作的法國青年；一個反應遲鈍、性格多疑的荷蘭人；一個多話、氣勢洶洶的埃及人。他還和兩個心情緊張的土耳其學生簡單交談了一下，但他們根本不知道他在說什麼；同樣的事情也發生在一個可愛的伊拉克青年身上。他確信這些人沒有一個和西莉亞·奧斯汀之死有關，也沒有人能給他任何幫助。他一個接一個地安慰了他們幾句後就把他們打發走了，現在正準備和艾基班博談話。

這個來自西非的年輕人微笑地看著他，露出潔白的牙齒，但一雙孩子氣的眼睛裡卻充滿悲哀。

「我很希望能幫上忙，是的，請問吧，」他說道，「那位西莉亞小姐對我很好，她曾給過我一盒愛丁堡糖，非常好吃的糖果，以前我沒吃過。她的遇害讓人很痛心，也許是家族宿仇？或者是她的父執兄長誤聽人言，以為她做了壞事，跑過來殺了她？」

夏普警探向他保證，他說的這些事都不可能發生，年輕人聽後悲哀地搖了搖頭。

「那我真不知道怎麼會發生這樣的事，」他說，「我看不出這裡有誰會傷害她，你給我一點她的頭髮和指甲，我試試看能不能用古老的方法找到答案。不是科學的，也很不現代，但在我的國家經常使用。」

「噢，謝謝你，艾基班博先生，我想沒那個必要。我們，呃，不做那樣的事。」

「是的，先生，我非常理解。它不夠現代，不是原子時代應有的做法，我家鄉現在連新式警察也不做這種事了，只有鄉下的老人才會。我相信所有的新方法都很卓越，完全能達到目的。」

艾基班博禮貌地鞠躬退下，夏普警探自言自語道：「我衷心希望我們能成功破案，哪怕僅只是為了面子。」

他下一個談話的對象是奈傑爾．查普曼，這個人具有掌控談話內容的習慣。

「這件事太不尋常了，不是嗎？」他說，「提醒你，在你堅持說她是自殺時，我就覺得你搞錯了。我不得不說，一想到整個事件的關鍵在於她鋼筆裡灌的是我的綠墨水，我就非常滿足，這可是凶手唯一無法預見的事。我想，你對於這個凶殺案的動機已經找到合理的解釋了吧？」

「是我在問話，查普曼先生。」夏普警探澀澀地說。

「哦，當然，當然。」奈傑爾裝腔作勢地揮了揮手說，「我只是想省點麻煩而已。但我想你可能還是得照章辦事。姓名，奈傑爾．查普曼。年齡，二十五。出生地，我想是在長崎……夠荒謬的吧，搞不懂我父母當時在那裡做什麼，大概是在環遊世界吧。但據我所知，那不表示我一定要當日本人。我在倫敦大學攻讀銅器時代和中世紀史。你還想知道什麼？」

「你家住址，查普曼先生。」

「親愛的先生，我沒有住址。我有父親，但他和我吵架了，所以他的住址已經不是我的了。你要找我，就到山胡桃路二十六號或庫茲銀行利登霍爾街分行，我都會在這兩個地方。我是人們所說的四處漂泊、見過面後就不想再見的那種人。」

夏普警探對奈傑爾這種輕浮無禮的態度沒有反應。他以前遇過像奈傑爾這樣的人，照他的判斷，他懷疑奈傑爾那無禮的外表下，隱藏著被詰問謀殺情事時的緊張。

「你跟西莉亞．奧斯汀熟嗎？」他問。

「這很難說。我跟她算熟，因為我每天都會見到她，相處得也不錯，但其實我對她一無所知。當然，我對她不是一點關心都沒有，要說我們有什麼問題的話，我想是她一向不太認同我的言行。」

「她不認同你有什麼特殊的原因嗎？」

「呃，她非常不欣賞我的幽默感。還有，當然，我不像科林．麥克納那樣少根筋，只知道一天到晚沉思。那種粗心的態度其實是吸引女人最好的方法。」

「你最後一次看見西莉亞・奧斯汀是什麼時候？」

「昨天晚上吃晚餐的時候。你知道，我們都想幫她一把。科林站起來結結巴巴的，最後才害羞忸怩地承認他們訂婚了，然後我們鬧了他一陣子，就這樣。」

「那是在餐廳還是在休息室？」

「哦，是吃飯時，後來我們到休息室的時候，科林就離開去別的地方了。」

「其他人就在休息室裡喝咖啡？」

「如果你把他們供應的那種液體叫作咖啡，答案是，對的。」奈傑爾說。

「西莉亞・奧斯汀也喝咖啡了嗎？」

「嗯，我想是的。我的意思是，我並沒有去注意她喝咖啡了沒，但她一定喝了。」

「也就是說，你沒有親自把咖啡遞給她？」

「這種暗示太可怕了！你邊說邊用那種探詢的眼光看著我時，你可知道，我都開始相信是我把咖啡遞給她，並在咖啡裡放了番木虌鹼[11]什麼的。我想你用的是催眠性的暗示，但實際上，夏普先生，我根本就沒走近過她。而且老實說，我完全沒注意到她喝咖啡了沒。不管你信不信，我跟你保證我對西莉亞從未產生過男女之情，當她和科林・麥克納宣布訂婚時，絕沒有激起我想報復並進行謀殺的念頭。」

「我沒有暗示什麼，查普曼先生。」夏普溫和地說，「除非我完全搞錯了，我認為這其中絕對沒有牽涉到複雜的愛情糾葛。但有人要除掉她，為什麼？」

「我也想不出為什麼，警探，這太讓人困惑了，因為西莉亞是個最沒有威脅性的女孩，如果你懂我意思的話。她反應遲鈍、言語乏味、完全沒脾氣，可以說，她根本不是那種會讓自己慘遭毒手的女孩。」

「當你發現先前的各種失竊事件都是西莉亞·奧斯汀做的時，你覺不覺得驚訝？」

「親愛的先生，我驚訝得可以被一根羽毛打倒，我覺得那跟她的性格完全不符。」

「你沒有教她做那些事情？」

奈傑爾驚訝得瞪大眼，看來不像是作假。

「我？教她？幹嘛我？」

「嗯，這正是問題所在，不是嗎？某些人就是具有特殊的幽默感。」

「嗯，我平常可能老是瘋瘋癲癲，但我實在看不出教人做小偷有何樂趣可言。」

「不是你為了開玩笑才出的主意？」

「我一點都不覺得這種事有趣。警探，偷竊應該是心理障礙造成的吧？」

「你真的認為西莉亞·奧斯汀是個偷竊狂？」

「也找不到其他理由，不是嗎，警探？」

11 一種中樞神經興奮劑。

「也許你對偷竊狂的了解沒有我多，查普曼先生。」

「呃，我真的想不出其他原因。」

「你認為可不可能是某個人教奧斯汀小姐這樣做，以引起麥克納先生的注意？」

奈傑爾領悟到了什麼，一雙眼睛惡意地閃爍著。

「這真是個有趣的解釋，警探。」他說，「這樣一想，果真有可能，老科林當然會連線帶鉤夾餌地一口吞下去。」奈傑爾歡喜地咀嚼一下這個說法，接著悲傷地搖了搖頭。

「但西莉亞不會玩這種把戲，」他說，「她對他用情太深。」

「你對於宿舍裡發生的這些事沒有特別的看法嗎，查普曼先生？比如把墨水潑到強斯頓小姐的筆記上那件事。」

「如果你認為是我做的，夏普警探，那你就搞錯了。當然，因為潑的是綠墨水，所以看起來像是我做的。但如果你問我的看法，我認為那純粹是出於怨恨。」

「什麼怨恨？」

「用我的墨水。某個人故意用我的墨水以便嫁禍於我，這其中飽含怨恨之情，警探。」

警探機敏地看著他。

「你說飽含怨恨是什麼意思？」

奈傑爾立刻縮了回去，變得曖昧起來。

「其實我沒什麼意思……只是當一大堆人相處在一起時，人的氣量就變小了。」

夏普警探那份名單上的下一個人是雷恩．貝特森。雷恩．貝特森看起來比奈傑爾更不安，只是表現的態度有所不同，他多心多疑且一副尋釁的架式。

「好吧！」在開頭的例行詢問結束後，他大聲說道，「是我倒咖啡給西莉亞的，那又怎樣？」

「你是說，是你將餐後咖啡遞給她的，對吧，貝特森先生？」

「是的，至少是我拿起水壺往咖啡杯裡注入咖啡，而且把它放到她旁邊。不管你相不相信，反正裡面沒有嗎啡。」

「你看到她喝了？」

「沒有，我沒看到她喝。我們都在四處走動，而且我把咖啡放到她旁邊後，就和某個人爭論起來了。我沒注意到她是什麼時候喝的，她旁邊還有其他人。」

「我明白了，實際上你要說的是，任何人都有可能把嗎啡放進她的杯中？」

「你試著把任何東西放進哪個人的杯子裡看看！大家都會看到的。」

「不一定。」夏普說。

雷恩挑釁地大聲說道：「該死，我幹嘛要毒死那個小女孩？我跟她毫無瓜葛。」

「我沒有說你想毒死她。」

「是她自己把那東西吞下去的。一定是她自己要這麼做的，不可能有其他原因。」

「如果沒有那張偽造的遺書，我可能也會這樣想。」

「怎麼可能是偽造！是她寫的，不是嗎？」
「那是她那天早上寫的一封信的部分內容。」
「呃，她也可能把它撕下來當作自己的遺書啊。」
「別扯了，貝特森先生，如果你想寫封遺書，一定會好好寫一張，你不可能小心翼翼地撕下另一封信的一段話當作遺言。」
「我可能會這麼做喔，天底下什麼奇怪的事都有人做。」
「如果是這樣，那封信的其他部分到哪裡去了呢？」
「我怎麼知道？那是你的工作，跟我沒關係。」
「我正是在進行我的工作，貝特森先生，我建議你回答我的問題時禮貌點。」
「好吧，你想知道什麼？那個女孩不是我殺的，我沒有殺她的動機。」
「你喜歡她嗎？」
雷恩的氣焰消了一點，說道：「我非常喜歡她。她是個可愛的女孩，有點遲鈍，但很善良。」
「當她承認困擾大家好一段時間的那些失竊案是她做的，你相信嗎？」
「嗯，既然她這樣說，我當然相信她，但的確看起來有點怪。」
「你不覺得那不像是她會做的事？」
「嗯，對，不太像。」

雷恩此時已收斂許多，不再擺出一副防禦的姿態，開始就這個他感興趣的問題發表自己的看法。

「她看起來不像偷竊狂，你知道，」他說，「也不像小偷。」

「你想得出她這樣做的其他原因嗎？」

「其他原因？會有其他原因？」

「嗯，也許她是想引起科林・麥克納的注意？」

「這麼解釋太牽強了。」

「但她確實引起了他的注意。」

「沒錯，確實如此，老科林對任何心理異常個案都相當著迷。」

「嗯，那麼如果西莉亞・奧斯汀知道這一點……」

雷恩搖了搖頭。

「這點你搞錯了，她不可能想得出這種主意。我的意思是，她沒有那方面的知識。」

「但你有那方面的知識，是不是？」

「你這什麼意思？」

「我的意思是，你可能出於好意而向她建議這麼做？」

雷恩短促地笑了一下。

「你認為我會做這種該死的事？你簡直瘋了。」

警探轉換了話題。

「你認為是西莉亞・奧斯汀把墨水潑在伊麗莎白・強斯頓的筆記上嗎？或者是別人做的？」

「別人做的。西莉亞說不是她，我相信她的話。西莉亞不像其他人，她從來沒和貝絲鬧過什麼彆扭。」

「誰和她鬧過彆扭？為什麼？」

「你知道，貝絲會糾正別人。」雷恩想了一下說，「任何人只要說話輕率一點都會被她糾正。她會隔著桌子望過去，用她那種一絲不苟的方式說『這恐怕與事實不符吧，統計數字已經充分說明……』等等。嗯，你知道，這挺讓人生氣的，特別是對那些說話隨便的人，比如說奈傑爾・查普曼。」

「哦，奈傑爾・查普曼。」

「而且潑的是綠墨水。」

「所以你認為那是奈傑爾做的？」

「嗯，至少有這種可能性。你知道，他是那種會懷恨在心的人，而且他可能有點種族歧視，大概是我們之中唯一有這種觀念的人。」

「還有誰會討厭強斯頓小姐一板一眼的態度和喜歡糾正人的行為？」

「嗯，科林・麥克納有時也不太高興；有一兩次她則讓珍・湯林笙下不了台。」

夏普又隨便問了幾個問題，但雷恩．貝特森已經沒什麼可補充的了。

下一個和夏普談話的是瓦萊麗．霍浩斯。

瓦萊麗冷靜、優雅，充滿警覺性，她的表現比前兩個男生都鎮定。她說她很喜歡西莉亞，西莉亞不是特別聰明，而且她愛科林．麥克納愛得很癡。

「你認為她是個偷竊狂嗎，霍浩斯小姐？」

「嗯，可能是吧，我對這方面了解不多。」

「你覺得會不會有誰教她那樣做？」

瓦萊麗聳了聳肩。

「你的意思是，為了吸引那個華而不實的蠢驢科林？」

「你反應挺快的啊，霍浩斯小姐。沒錯，我就是這個意思。你沒向她建議過吧？」

瓦萊麗覺得好笑。

「哦，這不可能吧，親愛的先生。我鍾愛的一條絲巾被剪成了碎片哪，我不會利他主義到這種地步。」

「你覺得有誰會向她建議嗎？」

「我想不太可能，我覺得她那樣做是很自然的。」

「你說很自然是什麼意思？」

「嗯，莎莉的鞋子不見了時，我第一個就懷疑是西莉亞幹的。西莉亞很嫉妒莎莉，我說的是莎莉・芬奇。她是這兒最漂亮的女孩，科林很注意她，所以舞會那天莎莉發現鞋子不見了之後，她不得不換上一件黑色的舊衣服和一雙黑鞋。西莉亞看起來就像是吃了奶油的貓那樣沾沾自喜。告訴你，我並不認為那些手鐲、粉盒之類的小東西是她偷的。」

「那你認為是誰偷的？」

瓦萊麗聳了聳肩膀。

「哦，我不知道，我想也許是這兒的清潔婦。」

「被剪碎的背包呢？」

「還有剪碎的背包？我都忘了。那有點莫名其妙。」

「你住在這裡很久了，是嗎，霍浩斯小姐？」

「沒錯，我可能是這裡最老的房客了，我在這裡已住了兩年半。」

「所以你應該比其他人都了解這家宿舍？」

「我想是吧，沒錯。」

「你對西莉亞・奧斯汀的死亡有什麼看法？覺得它背後的動機可能是什麼？」

瓦萊麗搖了搖頭，她現在一臉嚴肅。

「沒有，」她說，「發生這種事真可怕，我不知道有誰會想置西莉亞於死地。她是個善良、溫順的女孩，而且她才剛訂婚，還有……」

「哦，還有什麼？」警探鼓勵道。

「我不知道這是不是問題所在，」瓦萊麗緩慢地說，「因為她訂了婚，因為她即將得到幸福，而那意味著，某個人，嗯……會發狂。」

她的聲音有點兒顫抖，夏普警探深沉地看著她。

「沒錯，」他說，「我們不能排除有人喪失理智的可能。」他繼續說道：「你對伊麗莎白·強斯頓的筆記遭到破壞的事有什麼看法？」

「沒有看法。那也是一種很惡劣的行為，我絕不相信西莉亞會做出那種事。」

「你認為可能是誰做的？」

「嗯……我沒有認真想過。」

「但是有些不合理的推論吧？」

「你不會想聽我們胡亂猜測吧，警探先生？」

「願聞其詳。我會記得它只是一種猜測，而且只有我們兩人知道。」

「好吧，也許根本是我搞錯了，但我有種感覺，覺得那是佩翠夏·蓮恩做的。」

「真的嗎！太讓人驚訝了，霍浩斯小姐，我從來沒考慮佩翠夏·蓮恩，她看起來是個穩定、親切的年輕女孩。」

「我沒說一定是她，我只是認為她有可能。」

「有什麼特殊的理由嗎？」

「嗯，佩翠夏不喜歡黑貝絲。黑貝絲老是向佩翠夏深愛的奈傑爾找碴，你知道，就是在他發表愚蠢的看法時，去糾正他的錯誤。」

「你覺得比較可能是佩翠夏．蓮恩，而不是奈傑爾自己？」

「對。我覺得奈傑爾並不在意這些，而且他當然不會用自己的墨水去做那種事，他聰明得很。但這件事佩翠夏做得有點愚蠢，她沒想到這樣可能牽連到她心愛的奈傑爾，讓他變成最大的嫌犯。」

「可不可能是某個和奈傑爾．查普曼有嫌隙的人故意栽贓的呢？」

「沒錯，這也是一種可能性。」

「誰討厭奈傑爾．查普曼？」

「哦，嗯，珍．湯林笙算一個。她和雷恩．貝特森也不太合得來。」

「西莉亞．奧斯汀是怎麼吃下嗎啡的，你有任何想法嗎，霍浩斯小姐？」

「我反覆思考過。當然，攙入咖啡裡可能是最便利的方法，我們大家都在休息室裡走來走去，西莉亞的咖啡放在她身旁的小桌子上，她習慣等到咖啡快變涼了才喝。我想只要膽量稍大的人，都可以趁人不注意在她的咖啡杯裡丟進藥片或其他東西，但那要冒很大的風險。我的意思是說，做這種事也可能一下就被發現了。」

「她吃的嗎啡，」夏普警探說：「不是片狀的。」

「那是什麼形狀？粉末？」

「是的。」

瓦萊麗皺起了眉頭。

「那下手就更困難了，不是嗎？」

「除了咖啡，你能想出其他東西嗎？」

「她有時上床前會喝杯熱牛奶，但我想那天晚上她沒喝。」

「你可以詳細描述一下那天休息室的情形嗎？」

「嗯，就像我說的，我們散坐在各處聊天；有人把收音機打開了。我想，大多數男生都出去了。西莉亞很早就回房睡覺，珍．湯林笙也是。莎莉和我在那裡一直坐到很晚，我在寫信，莎莉在讀筆記，我想我是最後一個上床的。」

「實際上，那只是一個平常的夜晚？」

「正是，警探。」

「謝謝你，霍浩斯小姐。你可以請蓮恩小姐過來嗎？」

佩翠夏．蓮恩看起來很焦慮，但沒有什麼強烈不安，問答中並未引出什麼新的線索。問及伊麗莎白．強斯頓的筆記遭破壞的事情時，佩翠夏說她可確定西莉亞應該對此事負責。

「但她強烈否認了，蓮恩小姐。」

「哦，那當然，」佩翠夏說，「她當然會否認，我想她做了那種事也會感到羞愧，但那件事跟其他事情都挺符合的，不是嗎？」

「你知道我發現了什麼嗎，蓮恩小姐？那就是這件案子沒有什麼事是相干的。」

「我想，」佩翠夏臉上泛紅。「你認為是奈傑爾弄壞了黑貝絲的報告，因為墨水的關係。這完全沒道理，我的意思是說，奈傑爾如果要做那種事，就不會用自己的墨水，他沒那麼傻。但總之，那不是他做的。」

「他和強斯頓小姐處得不是很好，是嗎？」

「哦，有時她的態度很討人厭，可是他從來不在意。」佩翠夏急切地身體前傾。「我應該讓你了解一兩件事情，警探。我的意思是說，關於奈傑爾．查普曼。你知道，奈傑爾最大的敵人其實是他自己，我絕對承認他的脾氣很古怪。一般人容易對他產生偏見。他態度粗魯，好嘲諷，愛開別人玩笑，很容易激怒別人，導致他們對他全無好感。但其實他和表面看起來很不同。他們這種人羞澀，非常不快樂，很希望被別人喜歡，但出於矛盾的心理，他們的言行總是和真正想做、想說的相反。」

「啊，」夏普警探說，「這種人真是太不幸了。」

「是的，但他們也控制不住自己，這都是肇因於他們不幸的童年。奈傑爾的童年很不快樂，他父親非常苛刻嚴厲，從來不了解他，而且對他母親也很壞。她死後，他們大吵了一架，奈傑爾憤然離家，他父親說再也不給他一分錢，他必須自謀生路，別想從他那兒得到任何幫助。奈傑爾說他絕不會要求父親的協助，即使父親給他錢他也不會拿。他母親留給他一小筆錢，他自此沒寫過信給父親，也沒回去找過他。這確實很遺憾，我想他父親是個非常不快樂的人。我相信這正是造成奈傑爾這麼難以相處的主因。自從他母親去世後，從沒有人關心、照顧他。儘管他腦筋很聰明，但身體很不好。他沒有能力好好生活，而且沒辦法讓別人了解真實的他。」

佩翠夏停了下來。說完這一長段熱切的話語後，她臉頰泛紅，有點上氣不接下氣。夏普警探看著她沉思，他見過很多像佩翠夏．蓮恩這樣的人。

「她愛上那傢伙了。」他暗想，「我不覺得他也愛她，但可能會接受她母性般的關照。這個父親聽起來像是個暴躁的老傢伙，不過我敢說他母親一定是個笨蛋，一味溺愛自己的兒子，把他寵壞了，使他和父親間的距離也愈拉愈大。這種事情我見多了。」他不知道奈傑爾．查普曼是否也喜歡西莉亞．奧斯汀，看起來不太可能，但或許是事實。「如果是這樣，」他想道，「佩翠夏．蓮恩可能非常痛苦，心懷怨恨。怨恨到想殺人嗎？當然不會。就算會，西莉亞和科林．麥克納訂婚的事也應該消除了原來的謀殺動機。」

他把佩翠夏．蓮恩打發走，叫珍．湯林笙進來。

10

二十七歲的湯林笙小姐外表嚴肅，一頭金髮，體態勻稱，雙唇緊抿。她坐下來，規規矩矩地說道：「什麼事，警探？我能幫什麼忙？」

「湯林笙小姐，不知道你能否幫我們了解這起悲劇。」

「太驚人了，實在太驚人了。」珍說：「當我們知道西莉亞自殺時，就已經很難過了，現在竟然疑為謀殺……」她停住不語，悲哀地搖了搖頭。

「我們確信她沒有毒死自己，」夏普說，「你知道毒藥是從哪裡來的嗎？」

珍點點頭。

「我想是從聖凱薩琳醫院拿的，她在那邊工作。但這樣比較像是自殺，不是嗎？」

「毫無疑問，是他殺。」警探說。

「可是除了西莉亞之外，有誰能拿到毒藥呢？」

「如果存心要做，」夏普警探說，「很多人都拿得到。甚至你，你自己，湯林笙小姐，」他說：「如果你有心的話，也可以設法取得。」

「真是的，夏普警探！」珍憤慨得聲音都拔尖起來。

「嗯，你經常去藥劑室不是嗎，湯林笙小姐？」

「我去那裡找過蜜德莉·凱瑞沒錯，但是我沒想過要亂動那裡的毒品櫃。」

「但你有可能這樣做？」

「我當然不可能做這種事！」

「哦，算了吧，湯林笙小姐。假設你的朋友正忙著整理藥籃，另一個女孩在門診窗口忙著——房間裡只有兩個藥劑師時，這種事經常發生——你可以四處閒逛，偶然間繞到藥架後面，你可以從藥櫃中拿起一個瓶子放進口袋裡，那兩個藥劑師誰也料不到你會做這種事。」

「你這麼說讓我非常氣憤，夏普警探，這……這是一種下流的指控。」

「這不是指控，湯林笙小姐，完全不是，你不要誤解我的意思。你對我說你不可能做那種事，所以我要向你說明那是絕對可能的。我絲毫沒有暗示是你做的，因為，」他補充道，

「你何必要這樣做？」

「沒錯，夏普警探，你大概不知道，我是西莉亞的朋友。」

「很多人都是被他們的朋友毒死的。有時我們不得不問自己這樣的問題：『什麼時候朋友會變心？』」

「我和西莉亞之間沒有不和，一點都沒有，我非常喜歡她。」

「你曾經懷疑過這棟宿舍裡的失竊事件是她做的嗎？」

「沒有，真的，我從來沒這麼驚訝過。我一直覺得西莉亞做人很有原則，作夢也想不到她會做出那樣的事。」

「是呀，」夏普仔細觀察她說，「偷竊狂是身不由己的，不是嗎？」

珍．湯林笙的嘴唇抿得更緊了，接著她張嘴說道：「我不太同意這種說法，夏普警探。我的觀念比較老舊，我覺得偷就是偷。」

「你認為西莉亞偷東西，說穿了是因為她想據為己有嗎？」

「我確實這麼想。」

「很不老實？」

「恐怕是這樣。」

「啊！」夏普警探搖著頭說，「那太糟糕了。」

「是的，當你對某個人感到失望時，總會很不舒坦。」

「據我所知，對於要不要報警，你們有點看法。」

「是的。但我覺得這樣做非常正確。」

「你認為，早就應該這麼做了？」

「我覺得這樣做是對的。是的，我不認為一個人做了這種事情之後，應該讓他逍遙法外！」

「你的意思是說，一個人偷了東西又自稱是偷竊狂，是在逃避懲罰？」

「嗯，多多少少，沒錯，我就是這個意思。」

「結果卻是皆大歡喜，婚禮的喜鐘在奧斯汀小姐面前敲響了。」

「是呀，不管科林．麥克納做什麼，大家都不會太驚訝。」珍．湯林笙惡毒地說，「我確信他是個無神論者，一個懷疑一切、嘲笑一切、極不快樂的年輕人。他對每個人的態度都很粗魯，我覺得他是共產黨！」

「啊！」夏普警探說，「太糟糕了！」他搖了搖頭。

「他支持西莉亞，我想是因為他沒有正確的所有權觀念。他可能認為人如果想要什麼，都可以不顧一切得到它。」

「不管怎麼說，」夏普警探說，「奧斯汀小姐後來招認了。」

「那是在她被揭發以後。」珍尖刻地說。

「誰揭發她？」

「那個，什麼先生……白羅，他來過了。」

「你為什麼認為是他發現嫌犯是她呢，湯林笙小姐？他可沒這麼說，他只是建議你們報警。」

「他一定和她暗示過他已經知道了，她明白遊戲已經結束了，所以趕緊招認。」

「那麼把墨水潑在伊麗莎白・強斯頓的筆記上那件事呢？她承認那是她做的嗎？」

「我不太清楚，我想應該是。」

「你錯了，」夏普說，「她強烈否認她和那件事有關。」

「呃，可能吧，我承認看起來是不像。」

「你認為更可能是奈傑爾・查普曼做的？」

「不，我也不認為奈傑爾會做那種事，我覺得比較可能是艾基班博。」

「哦？他為什麼要這麼做？」

「嫉妒，那些有色人種彼此之間都互相嫉妒，非常不理性。」

「很有意思，湯林笙小姐。你最後一次看到西莉亞・奧斯汀是什麼時候？」

「星期五晚上晚餐後。」

「誰先上床的？是她還是你？」

「我。」

「離開休息室後，你沒有去她的房間或再看到她？」

「沒有。」

「你認為誰可能把嗎啡放進她的咖啡裡……如果是那樣下毒的話？」

「一點概念也沒有。」

「你有沒有在宿舍哪裡或在誰的房間見過嗎啡這種東西？」

「沒有，應該沒有。」
「應該沒有？這麼說是什麼意思，湯林笙小姐？」
「噢，我只是不太確定。你知道，他們打過一個愚蠢的賭。」
「什麼賭？」
「一個，哦，兩三個男生互相爭論……」
「他們爭論什麼？」
「謀殺，還有謀殺的方式，特別是下毒的方法。」
「是誰在爭論？」
「嗯，我想是科林和奈傑爾開始的，後來雷恩．貝特森也加入了，佩翠夏也在場。」
「你可以盡量回憶一下那時候他們都說了些什麼嗎？他們是怎麼爭論的？」
珍．湯林笙回想了一陣子。
「嗯，我想，一開始，他們先討論怎樣下毒殺人，說最困難的是怎麼弄到毒藥，因為凶手通常都是透過購買毒藥的管道或得到毒藥的機會才被追查到的。奈傑爾說不一定，他就能想出三種任何人都能弄到毒藥的方法，而且沒有人會知道。雷恩．貝特森說他是在吹牛，奈傑爾說他沒有吹牛，而且打算證明給他看。佩翠夏說奈傑爾是對的，她說雷恩和科林如果願意，隨時可以從醫院裡拿到毒藥，西莉亞當然也能。奈傑爾說他不是那個意思，他說如果西莉亞從藥劑室拿走東西，別人一定會發現。他們遲早會要找它，而且發現它丟了。佩翠夏說不會，如果她拿了之後把瓶子裡的東西倒出來，再放別的東西進去，這樣別人就不會知道了。科林笑說，如果是那樣，不久病人就會嚴重抗議了。但奈傑爾說，他指的不是利用特殊管道，他說他自己沒有任何特殊的辦法，而且他既不是醫生也不是藥劑師，但他照樣可以用三種不同的方法弄到三種毒藥。雷恩說：『好吧，你的方法是什麼？』奈傑爾說：『我現在不能告訴你，但我和你打賭，三週內我可以拿到三種致命的毒藥。』雷恩說他出五英鎊賭奈傑爾做不到。」

珍停下來了。

「後來呢？」夏普警探問道。

「嗯，後來沒怎麼樣。過了一段時間，有一天晚上在休息室裡，奈傑爾說：『喂，各位，看這裡，我說到做到了。』他把三樣東西丟在桌上，他弄到了一管莨菪鹼、一瓶洋地黃酊劑和一小瓶酒石酸鹽嗎啡。」

警探嚴厲地說：「酒石酸鹽嗎啡，上面有標籤嗎？」

「有啊，上面有聖凱薩琳醫院的標籤。我之所以記住，是因為它很醒目。」

「那另兩樣呢？」

「我沒注意，它們不是醫院藥房的東西。」

「後來呢？」

「嗯，他們喋喋不休討論了很多，雷恩・貝特森說：『現在好了，如果你殺了人的話，很快就會被追蹤到。』奈傑爾說：『絕對不會。我是圈外人，我和醫院或診所沒有什麼關聯，沒有人會立刻把我和這些東西聯想起來。而且我不是在櫃檯買的。』科林．麥克納從齒間把菸斗拿出來說：『是啊，你當然買不到。沒有醫生處方，藥劑師不會把這三樣東西賣給你。』總之，他們爭論了一會兒，最後雷恩說他會給錢。他說：『我現在拿不出來，因為我手頭有點緊，但我絕對會給錢，奈傑爾的確證明了他的觀點。』接著他說：『我們怎麼處理這些贓物？』奈傑爾咧嘴笑說：『我們最好在發生意外之前把它們處理掉。』所以他們倒空管子，把藥片扔到火裡；再把酒石酸鹽嗎啡的粉末倒出來，也扔到火裡；那瓶洋地黃酊劑他們扔到廁所的馬桶裡。」

「瓶子呢？」

「我不知道後來他們怎麼處理那些瓶子，我想可能扔到垃圾桶吧？」

「但毒藥都銷毀了？」

「是的，這點我很肯定，我親眼看見的。」

「這是什麼時候的事？」

「嗯，我想大概是兩個禮拜前。」

「我知道了。謝謝你，湯林笙小姐。」

珍仍遲遲不去，顯然想要多知道一些。

「你覺得這件事重要嗎？」

「可能，但現在還不能確定。」

夏普警探沉思了一會兒，接著他又把奈傑爾．查普曼叫了進來。

「我剛才聽珍．湯林笙提到一件很有趣的事。」他說。

「啊！親愛的珍又對你說了誰的壞話？我嗎？」

「她談到了毒藥，和你有關，查普曼先生。」

「毒藥？和我有關？到底怎麼回事？」

「你是否承認在幾個禮拜前，你和貝特森先生打了個賭，說你可以取得毒藥但讓別人查不到？」

「哦，那件事！」奈傑爾突然明白過來。「是有這回事，我竟然都忘了！我甚至不記得珍也在那裡。但你不會認為這件事有什麼重要的吧？」

「嗯，很難說。那你承認了？」

「哦，是的，我們在爭論那個話題，科林和雷恩的態度既高傲又跋扈，所以我跟他們說，只要稍稍動腦筋，任何人都能弄到毒藥。事實上我說的是，我能用三種不同的方法弄到毒藥，而且我可以證明它，也就是說，我真的做得到。」

「後來你就去做了？」

「後來我就做了，警探。」

「是哪三種方法，查普曼先生？」

奈傑爾歪了歪腦袋。

「你這不是在叫我自我舉發嗎？」他說，「你不是應該先警告我嗎？」

「還不到警告你的時候，查普曼先生。當然，你沒必要自列罪證。如你所說，你完全有權利拒絕回答我的問題。」

「我並沒想到要拒絕。」奈傑爾想了一會兒，唇邊泛起一抹微笑。「當然，我的行為無疑是違法的，如果你有必要，隨時可以把我抓起來。可是，這是一件謀殺案，如果那些事跟可憐的西莉亞之死有關，我想我應該告訴你。」

「這是很明智的看法。」

「那麼好吧，我說。」

「是哪三種方法？」

「嗯，」奈傑爾靠回椅背。「我們不是經常在報上看到，醫生會在汽車內遺失危險藥品嗎？我們常被提醒。」

「沒錯。」

「嗯，它使我想到一個非常簡單的方法。到鄉下去，在一個醫生回家的路上跟蹤他，等時機到時，便打開車門，搜查他的皮包，把你想要的東西拿走就行了。你知道，在鄉下，醫生不一定會把出診箱帶到病人家中去，要看是什麼樣的病人。」

「然後呢？」

「嗯，就這樣了，這就是一號辦法。我跟蹤了三個醫生，最後發現有個挺粗心大意的。真要動手時就非常簡單了，汽車停在一家農舍外面，周圍一戶人家也沒有。我打開車門，搜索出診箱，找到一管氫溴酸莨菪，就這樣。」

「啊！那二號方法呢？」

「實際上，只要向親愛的西莉亞借點力就行了，她一點也沒起疑。我告訴過你，她有點笨，她根本不知道我要幹什麼。我跟她說，醫生處方上那些拉丁文十分晦澀難懂，請她按醫生開處方的模式幫我寫個洋地黃酊劑的處方，她毫無戒心就照辦了。之後我在電話簿上找個住在偏遠地點的醫生，在處方上加上他的名字字首或是有點辨認不清的簽名，然後拿著處方到倫敦鬧區的藥劑師那兒，他不可能熟悉那個醫生的簽名，所以我就毫不費力地得到那劑藥了。洋地黃酊劑常用來治療心臟病，而且我那張處方是寫在旅館的信箋上。」

「非常聰明。」夏普警探面無表情地說。

「我根本是在自投羅網！你的聲音告訴了我這一點。」

「第三種方法呢？」

奈傑爾沒有立即回答，而是說道：「喂，我會有什麼下場啊？」

「從沒上鎖的轎車中偷竊藥品是犯了盜竊罪，」夏普警探說，「偽造處方……」

奈傑爾打斷了他。

「不完全是偽造，不是嗎？我的意思是說，我沒有因此而獲得金錢，我也不是完全模仿哪個醫生的簽名。我的意思是說，如果我開一個處方，簽上H．R．詹姆斯，你說不出我是偽造了哪個詹姆斯醫生的簽名，不是嗎？」他苦笑著繼續說：「你明白我的意思嗎？我簡直是在自找麻煩。不過，如果你要公事公辦的話，嗯，顯然我也沒辦法。可是，如果……」

「嗯，查普曼先生，可是怎麼樣？」

奈傑爾突然感情衝動地說道：「我不喜歡謀殺，那是一種殘忍、可怕的行為。西莉亞這可憐的小傢伙不該被殺。我是想盡一點力，但我這麼做有幫助嗎？我看不出來。我是指我說的這些小過失。」

「警察執法有很大的自由度，查普曼先生。他們可以決定要不要把某些事看作是出於無心、不負責任的惡作劇。你向我說你想協助我們偵破這件謀殺案，這點我相信你。現在請繼續說下去，告訴我你的第三種方法。」

「好吧，」奈傑爾說道，「我們快說到最有意思的地方了。它比前兩種風險更高，但也有趣得多。我到西莉亞工作的藥劑室找過她一兩次，我知道那裡的情況……」

「所以你從藥櫃中順手牽羊拿走一瓶毒藥？」

「不，不，沒那麼簡單，我覺得那樣做不太好。而且——我只是隨便說說——如果真是為了謀殺，也就是說，如果我確實是為了謀殺而偷藥的話，別人可能會記得我去過那裡。實際上，我已經大概六個月沒去過西莉亞的藥劑室了。不過，我知道西莉亞都在十一點十五分到後面的房間去吃『十一點茶』，也就是一杯咖啡加一塊餅乾。女孩們輪流去，一次兩個。

有個女孩是新來的，她當然沒見過我。所以我就這樣做了，我罩上一件白袍、掛上聽診器，晃到藥劑室，裡面只有那個新來的女孩正忙著為門診病人拿藥。我晃到毒品櫃前摸走一瓶，再走過去問那個女孩：『這裡有多少濃度的腎上腺素？』她告訴我，我點點頭，然後問她有沒有胃藥，因為我酒喝多了非常難受。我服了藥之後就漫步走出藥劑室，她完全沒想到我既不是住院醫生也不是實習醫生。這只是孩子玩的把戲，西莉亞完全不知道我去過那兒。」

「聽診器，」夏普警探懷疑地問，「你從哪兒弄到聽診器？」

奈傑爾突然咧嘴笑了。

「是雷恩・貝特森的，」他說，「我順手借用了。」

「從這裡拿的？」

「是的。」

「所以聽診器的失竊就有答案了，不是西莉亞偷的。」

「老天爺，當然不是！偷竊狂不可能偷聽診器的，不是嗎？」

「後來你怎麼處置它？」

「哦，我不得不把它當掉。」奈傑爾帶著歉意說道。

「那不是會造成貝特森的不便嗎？」

「是造成他很大的不便。但我不能說出我的方法，所以不能把那件事告訴他。不過，」奈傑爾興高采烈地加了一句：「不久，我帶他去參加了一個很精采的宴會。」

「你是個非常不負責任的年輕人。」夏普警探說。

「你真該看看他們的表情，」奈傑爾笑得更開心了。「就是當我把到手的三種致命毒藥扔到桌上，告訴他們我是在神不知鬼不覺的情況下弄到手的那個時候。」

「你是在告訴我，」警探說道，「你有三種方法可以取得三種不同的毒藥來毒死人，而且每一種毒藥都不可能追查到你身上。」

奈傑爾點點頭。

「這麼說不失合理，」他說，「不過在這種情境下，真要承認了，可不是件好玩的事。但重點是，毒藥都在兩個禮拜或更早以前就銷毀了。」

「那是你自己認為，查普曼先生，事實可能並非如此。」

奈傑爾瞪著他。

「你是什麼意思？」

「你弄到這些東西後，保留了多久時間？」

奈傑爾想了一下。

「嗯，那管氫溴酸莨菪我大概保留了十天，酒石酸鹽嗎啡大概四天。洋地黃酊劑是在到手當天的下午就銷毀了。」

「你把那些東西放在什麼地方……也就是說，氫溴酸莨菪和酒石酸鹽嗎啡？」

「放在我櫃子的抽屜裡，襪子的下面。」

「有人知道你把它們藏在那裡嗎？」

「沒有，我確定他們都不知道。」

夏普警探注意到他聲音中帶著一點猶豫，但他沒有再進一步追問。

「這些事你事先告訴過別人嗎？我是指你的方法，你弄到這些毒藥的過程？」

「沒有，不過……不，我沒有。」

「你說『不過』了，查普曼先生。」

「哎，我真的沒有。事實上，我本來想告訴佩翠夏，後來我想她一定不會同意，她很嚴肅，佩翠夏就是那樣的人，所以我就把她蒙混過去了。」

「你沒有告訴她你從醫生的汽車裡偷藥、偽造處方，或是從醫院偷嗎啡的事嗎？」

「事後我有把洋地黃酊劑的事告訴她。我跟她說我寫了一張處方，從藥劑師那兒拿到了一瓶毒藥；我也把化裝成醫生到醫院的事告訴她了，可是很遺憾佩翠夏根本就不覺得有趣。我沒有告訴她從汽車裡拿走藥品的事，她一定會勃然大怒。」

「你跟她說，你打賭贏了之後就會把它們銷毀嗎？」

「是的，她非常擔心而且很生氣，一直堅持要我把東西還回去。」

「你不打算這麼做吧？」

「老天，當然不！那會要了我的命，會給我惹來沒完沒了的麻煩。不，我們三個只是把它們扔到爐火裡或馬桶裡，就這樣，沒有傷害到任何人。」

「那是你說的，查普曼先生，很可能傷害已經造成了。」

「怎麼可能呢？我不是告訴你，東西都已經銷毀了嗎？」

「你有沒有想過，查普曼先生，可能有人看見你把東西藏在哪裡，或者發現了你放東西的地方，那人可能把瓶子裡的嗎啡倒出來，換成別的東西放進去？」

「老天，不！」奈傑爾瞪著他。「我從來沒想過這種事，我不相信。」

「但這是有可能的，查普曼先生。」

「可是不可能有人知道。」

「我只能說，」警探面無表情地說，「在這種地方，很多你以為別人不可能知道的事，別人卻都會知道。」

「你是說有人窺探？」

「是的。」

「也許你是對的。」

「通常哪些人會隨時進你房間？」

「嗯，我和雷恩·貝特森同住，大多數男生都進過我們房間，當然不包括女孩子。女生不能到我們這一邊的臥室來——行止得宜，純潔至上。」

「照規定她們不能去，但我想她們還是可能去吧？」

「每個人都有可能，」奈傑爾說，「白天的時候。比如說下午，那裡沒有人。」

「蓮恩小姐去過你房間嗎？」

「我希望你不是在暗示那種事情，警探。佩翠夏有時會過來，把幫我補好的襪子送回來，就只是這樣而已。」

夏普警探俯身向前說：「你知道嗎，查普曼先生，最方便從瓶子裡拿走一些毒藥，再塞其他東西進去的人，正是你自己！」

奈傑爾看著他，臉色突然變得僵硬又憔悴。

「是的，」他說，「一分半鐘以前我就意識到了。我確實可以這麼做，但我完全沒有理由把那個女孩殺掉，警探，不是我。但話說回來，我很清楚這只是我的片面之詞。」

11

雷恩・貝特森和科林・麥克納兩人也證實了打賭和共同處理毒藥的事。其他人走後，夏普留下科林・麥克納。

「我不想再增加你的痛苦，麥克納先生，」他說，「我知道在訂婚之夜未婚妻慘遭毒手是什麼感受。」

「不必再多談這方面的事了。」科林・麥克納神色堅強地說，「你不必顧慮我的感受，只要對你有幫助，請儘管問吧。」

「你認為西莉亞・奧斯汀的偷竊行為是一種心理上的疾病？」

「無庸置疑。」科林・麥克納說道，「如果你想要了解這方面的理論……」

「不，不，」夏普警探趕緊說道，「我就像心理學的學生一樣相信你的話。」

「她的童年非常不幸，造成了一種情感障礙……」

「確實如此，確實如此。」

夏普警探不想再聽到悲慘童年的故事，奈傑爾的身世就夠他受用了。

「你鍾情於她已經有段時間了？」

「我無法精確地回答，」科林誠懇地考慮後說，「我也很驚訝這些事情怎麼突然就降臨至我身上。無疑地，在潛意識裡我已被她吸引，但我自己並未意識到。既然我不想在年紀輕輕時就結婚，我自然會在意識中設下一道防線。」

「嗯，這樣啊。西莉亞·奧斯汀很高興跟你訂婚嗎？我是說，她一點疑慮也沒有？沒有不安？她沒想過告訴你什麼嗎？」

「她徹底供認了她的所作所為之後，心中再也沒有什麼值得憂慮的事了。」

「你們原來計畫什麼時候結婚？」

「還得等一段時間，我現在的能力還無法供養妻子。」

「西莉亞在這兒有敵人嗎？有誰不喜歡她嗎？」

「我不相信她會有敵人。這個問題我也想了很久，警探先生，西莉亞在這兒很受大家喜愛。我個人認為，不是個人的因素導致她被害。」

「你說『不是個人因素』是什麼意思？」

「這點我現在沒辦法詳細說明，我只是隱約感覺到什麼，但並不很清楚。」

這樣一來，警探也無法進一步探究。

最後兩個被約談的學生是莎莉．芬奇和伊麗莎白．強斯頓。警探先見了莎莉．芬奇。

莎莉是個很漂亮的女孩，一頭紅髮，眼神清亮慧黠。經過例行詢問後，莎莉．芬奇突然主動提起話題。

「你知道我想做什麼嗎，警探先生？我要告訴你我的想法，我個人的看法。在這間宿舍裡有些事情很不對勁，真的很不對勁，我很確定。」

「你是說你在害怕什麼嗎，芬奇小姐？」

莎莉點點頭。

「沒錯，我很害怕。這裡有些事或有些人非常殘酷，整個宿舍很不……嗯，怎麼說呢？它不像表面看起來的那樣。不，不，警探先生，我不是指共產黨。我知道你要說這個，我不是指共產黨，或許也和犯罪無關，我不知道。但我可以跟你打賭，那個可怕的老女人什麼都知道。」

「什麼老女人？你不是指哈伯德太太吧？」

「不，不是哈伯德媽媽，她是個好人。我是說妮可萊蒂，那頭老母狼。」

「這倒有意思，芬奇小姐。你可以再說清楚一點嗎？我是說關於妮可萊蒂太太。」

莎莉搖了搖頭。

「我沒辦法，這正是我說不上來的地方，我能告訴你的只是，每次我從她身邊經過，都會渾身起雞皮疙瘩。這裡有些事情很古怪，警探先生。」

「我希望你能再說得具體點。」

「我也希望，否則你會認為我完全是憑空想像，好吧，也許我是，但其他人也這樣感覺。艾基班博就是，他也很害怕。我相信黑貝絲也一樣，但她不會說出來。而且我認為，警探先生，西莉亞知道一些事。」

「知道什麼？」

「那正是問題所在。她知道什麼？她說了一些話，昨天才說的，說要弄清楚一些事。她承認她做過那幾件竊案，但她暗示還有其他事情，她也要把那些事公布出來。我想她確實知道一些事，警探先生，而且和某個人有關，我想那就是她遇害的原因。」

「但如果是這麼嚴重的事……」

莎莉打斷了他。

「我想她根本不知道這件事的嚴重性，你知道，她並不聰明，還非常遲鈍。她知道某些事情，但她並不曉得她知道那些事是危險的。總之，我是這樣想的。」

「我明白了，謝謝你……你最後一次看到西莉亞·奧斯汀是昨天晚餐後在休息室裡，對吧？」

「對。不過，我其實在那之後還見過她。」

「在那之後你還見過她？在什麼地方？她房裡？」

「不是。我從休息室出來準備回房睡覺時，看到她從前門出去。」

「從前門出去？你是說走到宿舍外面？」

「是的。」

「那太令人驚訝了，沒人提過這一點。」

「我敢說他們都不知道。她道了晚安說她要上床睡覺了，如果我沒看見她，一定也會以為她去睡了。」

「但實際情況是，她上樓穿上外出服，然後離開宿舍，對吧？」

莎莉點點頭。

「我想她是要去見某個人。」

「我明白了。外面的某個人，或者可能是這裡的學生？」

「嗯，我猜可能是這裡的學生。你知道，如果她想和某人私下談話的話，宿舍裡根本沒有適當的地方。有人可能提議到外面某個地方見面。」

「你知道她是什麼時候回來的嗎？」

「不知道。」

「那個男僕傑羅尼莫會知道嗎？」

「如果她十一點以後才回來，他就會知道，因為他十一點就門門上鏈。在那之前，我們都可以用自己的鑰匙開門進來。」

「你知道她離開宿舍的正確時間嗎？」

「我想大概是在……十點鐘，也許十點過一點，但不會太晚。」

「我知道了，謝謝你提供的訊息，芬奇小姐。」

最後一個和警探談話的是伊麗莎白．強斯頓。這個女孩的沉著冷靜立刻讓他留下深刻印象。她聰明、果斷地回答完他的問題後，就等著他繼續提出問題。

「西莉亞．奧斯汀，」他說，「堅持說不是她毀損你的筆記。強斯頓小姐，你相信她的話嗎？」

「我不認為是她做的。」

「你也不知道是誰嗎？」

「乍看之下是奈傑爾．查普曼，不過這又太明顯了。奈傑爾很聰明，他不會用自己的墨水。」

「如果不是奈傑爾，會是誰？」

「那就更難說了，但我認為西莉亞知道是誰，至少有所猜疑。」

「她這樣跟你說過？」

「沒有說這麼多，但是昨天晚上，她下樓吃晚餐之前曾經到過我的房間，告訴我，儘管她要為偷竊的事負責，可是她沒有破壞我的筆記。我告訴她我相信她的話，問她知不知道是誰做的。」

「她怎麼說？」

「她說——」伊麗莎白停了一會兒，好像要確保自己的話準確無誤。「她說：『我不敢完全肯定，因為我想不通為什麼……它可能是失手或者是意外……我相信做這件事的人一定很痛苦，而且真的想站出來坦白。』西莉亞繼續說道：『有些事我弄不懂，譬如警察來的那天，那些電燈泡的事。』」

夏普打斷她。

「警察和電燈泡是怎麼回事？」

「我不知道。西莉亞只是說：『我沒有拿它們。』後來她又說：『我不知道這是不是和護照有關？』我問：『你說的是什麼護照？』她說：『我想有人可能持有偽造的護照。』」

警探沉默了一會兒。

現在，浮現了某種模糊的邏輯，一本護照……

他問：「她還說了什麼？」

「沒什麼了，她只是說：『總之明天我就會知道更多了。』」

「她是這樣說的嗎？『我就會知道更多。』這句話非常重要，強斯頓小姐。」

「是的。」

警探又陷入沉思，緘默不語。

和一本護照有關、警察來過一次……在到山胡桃路之前，他曾經仔細查閱過檔案，每家供外國留學生住宿的宿舍都受到嚴密的注意，山胡桃路二十六號的記錄良好，發生過的一些事都無足輕重：有個西非學生因充當皮條客而遭雪菲爾[12]的警方通緝，這個問題學生在山胡桃路住過幾天，後來到別的地方去了，最後被警方逮捕，驅逐出境。還有一次為了尋找一個歐亞裔青年，以幫助警方調查一件發生在劍橋附近一家出版商妻子被殺的案子，警方曾對所有的學生宿舍和寄宿宿舍進行檢查。當那個年輕人到赫爾[13]的警察局投案認罪後，事情就結束了。還有一次是調查一個散布反動思想傳單的學生。這些事情都發生有一段時間了，不可能和西莉亞．奧斯汀的死亡有關。

他嘆了口氣，抬起頭來發現伊麗莎白．強斯頓那雙聰慧的黑眼睛正在觀察他。

他一時衝動，說道：「告訴我，強斯頓小姐，你有沒有過這樣的感覺或印象，覺得這個地方有點不太對勁？」

她看起來很驚訝。

「什麼地方……不對勁？」

「我說不出來，我正在想莎莉．芬奇告訴我的一些事。」

「哦，莎莉．芬奇！」

她的聲音裡有種很難形容的口吻。他覺得有趣，繼續說道：「就我看來，芬奇小姐是個優秀的觀察者，既精明又務實。她堅持說有些事情很奇怪，和這個地方有關，儘管她很難具體說出是什麼。」

伊麗莎白尖銳地說：「那是他們美國人的思維方式。他們都一樣，這些美國人，神經質、憂慮不安，對什麼無聊的事都疑心不已。你看那些笨蛋搞出來的獵殺女巫行動、歇斯底里的間諜狂熱，還有對共產黨的迫害。莎莉．芬奇就是這種典型。」

警探的興趣更濃了，這麼看來，伊麗莎白是不喜歡莎莉．芬奇了。為什麼？因為莎莉是美國人？或許伊麗莎白不喜歡美國人是因為莎莉．芬奇是美國人，而她剛好有什麼理由討厭那個迷人的紅髮女孩？或者，只不過是女人的嫉妒罷了？

他決定用他覺得滿有效的方法試一下，他溫和地說：「也許你會發現，強斯頓小姐，在這種地方，每個人的才智相差很大。有些人，大多數人，我們只會問他事實的部分，但當我們碰到了一個有高度智商的人……」

他停住不說。剛才的話裡充滿了奉承的意味，她會有反應嗎？

在短暫的停頓後，她的反應是：「我想我知道你的意思，警探先生。如你所說，這裡的人智力都不是非常高。奈傑爾．查普曼腦子很快，但他是個淺薄的人；雷恩．貝特森學習勤奮，不過也僅此而已；瓦萊麗．霍浩斯有頭腦，但她的見解太商業化，而且她也太懶，沒有把她的腦子用在值得的地方。你需要的是一個超然的、受過訓練的頭腦。」

12　雪菲爾（Sheffield），英格蘭南約克郡首府、工業城。

13　赫爾（Hull），英格蘭東北部亨伯賽德郡首府。

「就像你的頭腦，強斯頓小姐。」

她毫無異議地接受了恭維。他頗覺有趣，了解到在謙遜愉悅的態度後面，她其實是個對自己的資質極端自負的年輕人。

「我很同意你對這些同伴的評價，強斯頓小姐。查普曼聰明但孩子氣，瓦萊麗・霍浩斯有頭腦，但有種厭倦生活的態度。你，正如你所說，有一顆訓練有素的頭腦，所以我相當看重你的看法，你的看法客觀而且充滿睿智。」

有一會兒他怕自己做得太過火了，但他根本沒必要害怕。

「這地方沒什麼不對勁，警探先生，不必理會莎莉・芬奇。這家宿舍管理良好，我確信你在這裡找不到任何跟顛覆活動有關的事。」

夏普警探覺得有點驚奇。

「我在想的並不是顛覆活動。」

「哦……我明白了。」她有點吃驚。「我試圖釐清西莉亞所說的護照之事，但全面衡量了所有的證據後，我能夠肯定，西莉亞的死應該是個人因素，也許是男女感情的糾葛吧。我確信它和這家學生宿舍或者這裡的其他事情毫無關係。我確信這裡沒有什麼事『正在進行』，如果有什麼的話，我應該覺察得到，我的感覺是非常靈敏的。」

「我明白了。好，謝謝你，強斯頓小姐，你幫了很大的忙。」

伊麗莎白・強斯頓出去了。夏普警探盯著那扇緊閉的門呆坐，直到科布警佐叫了他兩次才回過神來。

「嗯？」

「我是說全都弄完了，長官。」

「噢，有沒有什麼收穫？很少？不過告訴你一件事，科布，明天我要帶著搜索狀再來一趟。我們現在先離開，讓他們以為一切都結束了。但是這個地方確有蹊蹺，明天我要把它翻出來……當你不知道要尋找的是什麼時，這不容易辦到，但我還是有機會找到線索。剛才出去的那個女孩很有趣，她像拿破崙一樣自負，但我察覺得出她知道某些事。」

12

赫丘勒．白羅正在口述一封信，中途突然停了下來，萊蒙小姐疑惑地看著他。

「怎麼了，白羅先生？」

「我的思緒飄走了！」白羅揮了一下手臂。「這封信其實沒那麼重要。萊蒙小姐，你能幫我打個電話給你姐姐嗎？」

「好的，白羅先生。」

過了一會，白羅走到屋子另一頭，從他祕書手中接過話筒。

「你好！」他說。

「您有事嗎，白羅先生？」

哈伯德太太的聲音聽起來上氣不接下氣。

「我想我沒有打擾你吧，哈伯德太太？」

「我已經被打擾慣了。」哈伯德太太說。

「那邊已經天翻地覆了，對不對？」白羅體貼地問道。

「說得真好，白羅先生，這就是他們現在的狀況。夏普警探昨天詢問完所有的學生，今天又帶著搜索狀來了，而妮可萊蒂太太還歇斯底里地亂吼亂叫，跟我糾纏不休。」

白羅同情地報以嘖嘖聲。接著他說：「我只想問一兩個小問題。你列了一張失竊物品和諸多怪事的清單給我，我想問的是，那張清單是按先後順序排列的嗎？」

「你的意思是——」

「我是指，那些東西都是依照它們遺失的時間順序記下來的嗎？」

「不，不是。很抱歉，我只是想到什麼就記什麼，很抱歉誤導你了。」

「我應該先問清楚的，」白羅說，「但我那時還沒意識到它的重要性。我手邊就拿著你的清單，一隻晚宴鞋、手鐲、鑽戒、粉盒、口紅、聽診器等等，你說這不是它們遺失的順序？」

「不是。」

「你現在還記得起正確的順序嗎？或者很難記起來了？」

「嗯，我不敢確定，白羅先生。你知道它們都發生有一段時間了，我得好好想想。實際上，在我和我妹妹談過、知道要去見你時，我就列了張清單，那時我是依照記起來的順序寫的。第一個列的是晚宴鞋，因為這件事比較古怪，接下來是手鐲、粉盒、打火機、鑽戒，因為這些東西都挺重要的，表示我們遇到真的小偷。後來我又記起幾個瑣碎的東西，把它們加了上去。我是說硼砂粉、電燈泡和帆布背包，它們不是真的很重要，我是在事後才想起來的。」

「明白了，」白羅說，「是的，我明白了。現在我請求你的是，等你有空的時候，坐下來，也就是……」

「我想等我讓妮可萊蒂太太吃了鎮靜劑上床休息、安撫好傑羅尼莫和瑪麗亞後，我會有一點時間，你要我做什麼？」

「坐下來，盡可能把各個事件照發生的時間順序寫下來。」

「沒問題，白羅先生。我相信那個背包是最先丟失的，再來是電燈泡，我覺得它和其他東西沒有什麼關聯；接下來是手鐲和粉盒……不，是晚宴鞋。我知道，你現在不想聽我囉嗦，我會盡可能把它寫下來。」

「謝謝你，夫人，十分感激。」

白羅掛上電話。

「我真生自己的氣，」他對萊蒙小姐說，「我已經忘了『條理和方法』的原則，我一開始就應該先確定這些失竊事件發生的正確順序。」

「是，是，」萊蒙小姐面無表情地說道，「你現在要繼續完成這些信嗎，白羅先生？」

白羅又一次憤憤地揮手否決。

§

星期六早上夏普警探帶著搜索狀來到山胡桃路，他要求和妮可萊蒂太太見面，因為妮可萊蒂太太總是在星期六到山胡桃路和哈伯德太太對帳。他說明了他的目的。

妮可萊蒂太太強烈抗議。

「這是一種侮辱，學生會離開的，他們都會跑光，我會破產的……」

「不，不，夫人，我確信他們都會很理智，畢竟這是一件謀殺案。」

「不是謀殺，是自殺。」

「而且我相信，一旦我解釋過後，沒有人會反對……」

哈伯德太太安撫地插了一句。

「我相信，」她說，「每個人都會保持理智。」她想想又加了一句：「也許除了阿奇梅德·阿里和錢卓·萊爾以外。」

「哼！」妮可萊蒂太太說，「誰理他們？」

「謝謝你，夫人，」警探說，「那我就要從你的客廳開始了。」

此話一出，妮可萊蒂太太立刻激烈抗議。

「你要搜哪裡儘管去搜，」她說道，「但是這兒，絕對不行！我拒絕。」

「我很抱歉，妮可萊蒂太太，但是我得從頂樓搜起，一直搜到一樓。」

「沒錯，是的。可是不能搜我的房間，法律管不著我。」

「沒有人是法律管不著的，恐怕我不得不請你站到一邊了。」

「這是一種暴行，」妮可萊蒂太太暴怒地尖叫。「你這個好管閒事的傢伙，我要寫信給所有人，我要寫信給我們的議員，我要寫信給報紙。」

「你愛寫給誰就寫給誰，夫人，」夏普警探說，「現在我要搜查這間房間。」

他逕自從一張大桌子開始了搜查工作，他找出一大盒糖果、一大堆文件和一大堆各式各樣的廢棄舊物。然後他又轉向，搜查角落的一個櫥櫃。

「鎖住了，能把鑰匙給我嗎？」

「別想！」妮可萊蒂太太尖叫道，「你別想、別想，我絕對不會給你鑰匙的！野獸、豬玀警察，我唾棄你，呸！呸！呸！」

「你最好還是把鑰匙給我，」夏普警探說，「不然的話，我就得把鎖撬開了！」

「我不會給你鑰匙的！你得先撕破我的衣服才拿得到鑰匙！那樣……那樣就會變成一件醜聞。」

「拿個鑿子來，科布。」夏普警探毫不理會地說。

妮可萊蒂太太發出一聲憤怒的尖嚎，夏普警探置之不理。鑿子拿來了，重擊兩下之後櫥櫃的門開了，一大堆空的白蘭地瓶子翻倒出來。

「野獸！豬玀！魔鬼！」妮可萊蒂太太吼叫著。

「謝謝你，夫人，」警探禮貌地說，「這裡我們查完了。」

哈伯德太太趁妮可萊蒂太太歇斯底里大吵大鬧時，機敏地把瓶子趕緊放回原處。一個謎，妮可萊蒂太太的情緒之謎揭開了。

§

白羅的電話接通時，哈伯德太太正從她客廳的藥櫃中倒出適當劑量的鎮靜劑，放下話筒後，她回到妮可萊蒂太太身邊。剛才她把妮可萊蒂太太留在客廳，任由她大吼大叫、捶胸頓足。

「吃下這個，」哈伯德太太說，「你會覺得好一點。」

「蓋世太保！」妮可萊蒂太太說。

這時她已經平靜下來了，卻仍然非常惱怒。

「如果我是你的話，就不再多想了。」哈伯德太太安慰道。

「蓋世太保！」妮可萊蒂太太又說了一遍。「蓋世太保！他們就是那種人！」

「你知道，他們有他們的職責。」哈伯德太太說。

「他們的職責就是窺探我的私人櫥櫃嗎？我告訴他們，那不關你們的事。我把櫃子鎖上，把鑰匙放在胸前，如果不是你也在場，他們會不知羞恥地撕開我的衣服！」

「不會啦，我不認為他們會那樣做。」哈伯德太太說道。

「那是你說的！結果他們用鑿子破壞我的門。他們破壞了這棟房子的結構，還叫我自己負責修好。」

「嗯，如果你不給他們鑰匙……」

「我為什麼要給他們鑰匙？那是我的鑰匙，我私人的鑰匙，這是我私人的房間，我告訴警察『不准進來』我私人的房間，可是他們還是進來了！」

「嗯，妮可萊蒂太太，別忘了畢竟這裡發生了謀殺案。有人遇害了，我們總得忍受一些不太愉快的事。」

「呸，什麼謀殺案！」妮可萊蒂太太說，「那個小西莉亞是自殺的，她愛男人愛到發瘋了，然後自己吃了毒藥，這種事經常發生。戀愛時都很愚蠢，這些女孩，好像愛情有多了不得！一年、兩年，一切都會過去的，什麼崇高的感情！那個男人和其他男人有什麼不一樣！但那些笨女孩完全不了解，她們吃安眠藥、吃消毒劑、開瓦斯，然後一切都來不及了。」

「噢，」哈伯德太太把內容拉回到原來的話題上說，「我現在不再擔心了。」

「你是好了。可是我，我可得擔心了，我不再安全了。」

「安全？」哈伯德太太看著她，吃了一驚。

「這是我的私人櫥櫃，」妮可萊蒂太太執拗地說，「沒有人知道我的私人櫥櫃裡放些什麼，我不想讓他們知道。可是現在他們已經知道了，我很擔心，他們可能會想……他們會怎麼想？」

「你說的『他們』是誰？」

妮可萊蒂太太聳聳寬大、健碩的肩膀，顯得鬱鬱不樂。

「你不懂。」她說道：「但這件事讓我很不安，非常不安。」

「你最好告訴我。」哈伯德太太說，「也許我能幫助你。」

「謝天謝地，我不是睡這裡。」妮可萊蒂太太說，「這裡的門裝的鎖都差不多，一把鑰匙還能開不同的鎖。哦，謝天謝地，我沒在這裡睡覺。」

哈伯德太太說：「妮可萊蒂太太，如果你害怕什麼，是不是最好告訴我？」

妮可萊蒂太太的黑眼睛看著她，閃了一下，接著就移開了。

「你自己說過，」她迴避地說，「你說這棟房子發生了一件謀殺案，所以我自然就覺得很不安。下一個會是誰？我們甚至不知道凶手是何方神聖。都是因為警察太蠢了，不然就是他們被賄賂了。」

「你自己也知道這是亂說，」哈伯德太太說，「告訴我，有什麼事情讓你這麼焦慮不安？」

妮可萊蒂太太開始發脾氣了。

「啊，你覺得我沒有理由焦慮不安？你又知道了！你什麼都知道！你好厲害！你供應膳食、你管理學生宿舍、你花錢像流水，所以學生都喜歡你，現在你也想來管我的事了！可是你別想！我的事我自己管，你們別想打聽，你聽到沒有？門兒都沒有，好管閒事太太。」

「隨你的便。」哈伯德太太被激怒了。

「你是一個間諜！我早就知道了。」

「那我這間諜是要刺探你什麼？」

「我沒什麼可探，」妮可萊蒂太太說，「在這裡你刺探不到什麼。如果你認為這裡有不對勁，那都是你自己編出來的。如果有人說了我什麼謊言，我會知道是誰告訴他們的。」

「如果你希望我離開，」哈伯德太太說，「你只要說出來就行了。」

「不，你不能離開，我不准。這個時候不行，在我得操心警察、謀殺和所有事情的時候，你不可以走，我不准你棄我而去。」

「哦，好吧。」哈伯德太太無可奈何地說，「說實在話，我真的不知道你想要什麼。有時我覺得你也不了解自己，你最好在我的床上躺下來睡一覺……」

13

赫丘勒・白羅在山胡桃路二十六號前走下計程車。

傑羅尼莫為他開門，像老朋友一樣對他表示歡迎。有個員警站在大廳裡，傑羅尼莫把白羅拉進飯廳，關上了門。

「太可怕了。」他堅持幫白羅脫下外套，並小聲說道，「我們這裡一天到晚都有警察！問問題、這邊走走、那邊看看、搜查櫥櫃、檢查抽屜，甚至進入瑪麗亞的廚房。瑪麗亞很生氣，她說她要用　麵棍打警察，我說最好別那樣。我說警察可不喜歡被人用　麵棍打，如果瑪麗亞打人了，他們會讓我們更難看。」

「你真明智。」白羅讚賞地說，「哈伯德太太有空嗎？」

「我帶你到樓上見她。」

「等一會兒。」白羅止住他。「你記得電燈泡遺失是哪一天嗎？」

「噢，是的，我記得。但那已經過去很久了，一個，兩個……三個月以前。」

「是哪裡的電燈泡被拿走？」

「大廳的那個，還有休息室的。有人開玩笑，把那裡所有的電燈泡都拿走了。」

「你不記得確實的日期了？」

傑羅尼莫擺出一副思考的樣子。

「我不記得了，」他說，「但我想是警察來的那天，二月的某一天。」

「警察？警察來這裡做什麼？」

「他為了一個學生的事來找妮可萊蒂太太。那是個非常糟糕的學生，從非洲來的。不工作，到勞工介紹所登記，弄到國民救濟金，接著就找了個女人，讓她出去和男人鬼混為他賺錢，非常壞。警察可不喜歡這種事。我想他在曼徹斯特或雪菲爾也是這樣搞，所以才從那邊跑到這裡來，可是警察隨後就追了來，他們把他的事都跟哈伯德太太講了。是的，她說他不住在這兒是因為她不喜歡他，所以把他趕走了。」

「原來如此，他們在追查他。」

「搥茶？」

「他們在找他？」

「是的，是的，就是如此。他們找到他了，然後把他送進監牢，因為他靠女人過活，靠女人過活可是不應該的。這是一棟高尚住宅，這裡可沒有那種事。」

「就是那天燈泡丟了？」

「是的。因為我打開開關後燈不亮，然後我走進休息室，看到燈泡都不見了，我在抽屜裡找備用的，發現所有的燈泡都被人拿走了。我下樓去廚房問瑪麗亞知不知道備用燈泡放哪兒，但是她正在生氣，因為她不喜歡警察來，她說備用燈泡又不是她管的，所以我只好拿蠟燭。」

白羅一邊跟著傑羅尼莫上樓到哈伯德太太的房間，一邊琢磨著他所說的話。

哈伯德太太熱烈地歡迎白羅……儘管她一副疲憊、憂愁的樣子。她動作很快地遞給他一張紙。

「我已經盡力依照正確的順序把這些東西記下來了，白羅先生，但我不能說它百分之百正確。你也知道，要回想幾個月前發生的事，記起這件事、那件事發生的時間，真的是非常困難。」

「我深表感謝，夫人。現在妮可萊蒂太太怎麼樣了？」

「我讓她吃了鎮靜劑，希望她已經睡了。她看到搜索狀後，大大發作了一番，她拒絕打開房裡的櫃子，於是警探把它撬開，結果一大堆空白蘭地瓶子滾了出來。」

「啊！」白羅了然地回答了一聲。

「那倒解釋了很多事情。」哈伯德太太說，「我實在不了解我以前為什麼沒想到，酗酒的事我在新加坡時見得可多了。但是我確信你不會對這些感興趣。」

「什麼事我都感興趣。」白羅說。

他坐下來研究哈伯德太太遞給他的那張紙。

「啊！」過了一會兒後他說道：「單子上排第一的是帆布背包。」

「是的。它不是很貴重的東西，但我現在確實記起來了，它早在珠寶和其他東西遺失以前就不見了。這件事跟一個有色人種學生惹的麻煩有關。他是在這件事發生前一兩天離開的，我當時想，那可能是他離開前的一種報復手段。那時候有，嗯……一點小麻煩。」

「啊！傑羅尼莫已經跟我說過了，我想警察來過這兒，對吧？」

「是的，看來他們是從雪菲爾、伯明罕還是哪裡過來調查的。實在是很丟臉，賺骯髒不道德的錢，從事那些不法勾當。他後來被送上法庭。實際上他在這裡只住了三、四天，但我不喜歡他的行為、他的作風，所以我跟他說他的房間已經有人租下了，他得離開。警察來的時候我也沒有很驚訝。當然，我不知道他後來到哪兒去了，但他們還是追查到了。」

「你是在那件事之後發現那個背包的？」

「是的，我想是的……實在回想不太起來。你知道，雷恩・貝特森要搭朋友的便車去旅遊，可是他怎麼也找不到他的背包，然後他發了好一頓脾氣。每個人都幫著找了好久，最後是傑羅尼莫發現它被剪成一條條的，塞在鍋爐後面。竟然發生這種古怪的事，實在奇怪而且讓人想不透，白羅先生。」

「是的，」白羅表示認同。「奇怪而且讓人想不透。」

他沉思了一會兒。

「它和遺失電燈泡那件事發生在同一天嗎？傑羅尼莫跟我說，是在警察來調查那個非洲學生的那天，是嗎？」

「嗯，我確實記不清楚了。對，對，我想你說得對。因為我記得我陪警探下樓，一起走進休息室時，那裡點著蠟燭。當時我們正想去問艾基班博那個非洲年輕人有沒有和他談過話或提過要去什麼地方。」

「休息室裡還有誰？」

「噢，我想那時候大部分學生都回來了，大概晚上六點鐘。我問傑羅尼莫電燈泡的事，他說它們被拿走了。我問為什麼不裝上其他電燈泡，他說我們沒有電燈泡了。我非常生氣，因為那是一個愚蠢又無意義的惡作劇，我把它當成是惡作劇而不是偷竊。但我很驚訝竟然沒有多餘的電燈泡，因為通常我們都準備很多電燈泡。不過我還是沒把那件事看得很嚴重，白羅先生，在那個時候沒有。」

「電燈泡和背包。」白羅沉思著說。

「但是就我看來，」哈伯德太太說，「這兩件事和小西莉亞所犯的小過失可能沒有什麼關聯，你應該記得她極力否認，說她從來沒有動過那個背包吧？」

「是的，沒錯。這件事之後多久，開始發生失竊事件？」

「哦，天啊，白羅先生，你不知道要準確地想出這些時間有多困難。讓我想想，那是三月，不，是二月，二月底。對，沒錯，我想珍妮芙是在那之後一個星期左右，說她的手鐲不見了。沒錯，在二月二十號到二十五號之間。」

「之後就發生連續失竊事件？」

「是的。」

「背包是雷恩．貝特森的？」

「是的。」

「他非常生氣？」

「嗯，那你不必當真，白羅先生，」哈伯德太太微微一笑說，「雷恩．貝特森就是那種孩子，你知道，古道熱腸，為人慷慨，寬宏大量，但脾氣也挺暴躁，想到什麼就說什麼。」

「那個背包有什麼特殊之處嗎？」

「哦，沒有啊，就是普通的那種。」

「可以借我看看類似的背包嗎？」

「嗯，好的，當然可以。我想科林也有一個差不多的，奈傑爾也有，實際上雷恩現在又有一個，因為他不得不再去買一個。學生們通常在路底那家商店購買，那家商店不錯，販賣各種露營和徒步旅行用的裝備、短衣褲、睡袋等等，而且非常便宜，比其他大商店都便宜多了。」

「我能看看你說的其中一個背包嗎，夫人？」

哈伯德太太帶他到科林・麥克納的房間。

科林不在，哈伯德太太打開衣櫥，俯身拿起一個背包遞給白羅。

「就是這個，白羅先生，這個和遺失後被剪碎了的那個一模一樣。」

「要剪可得費點工夫，」白羅鑑賞般地撫摩著背包喃喃自語，「可不是用一把繡花剪刀就能剪開的。」

「哦，不，它不是像你想的，嗯，不是一個女孩做得到的。那一定用了很大的力氣。力氣，還有惡意。」

「我知道，是的，我知道。這讓人不太舒服，想起來就覺得不太愉快。」

「然後，不久瓦萊麗的絲巾被發現時，也是被剪成碎片，嗯……這行為看起來確實，怎麼說好呢……很不正常。」

「啊，」白羅說道，「我想這一點你錯了，夫人。我認為這件事並非心智不正常。我認為它是有目標、有目的，也可以說，有條理的。」

「嗯，我相信這些事情你懂得比我多，白羅先生。」哈伯德太太說道：「我只能說，我不喜歡這樣。我只知道，這裡住了一大群學生，一想到其中有人，嗯……不像我以為的那樣，我就感到傷心。」

這時白羅已漫步走到窗前，他開窗走出屋外，進入老式的陽台上。

房間面向宿舍後面，下面是一個灰暗的小花園。

「這裡比前面安靜？」他說。

「有時候。因為山胡桃路並不會很吵，而這一面晚上到處都是貓。你也知道，牠們會喵喵叫，經常把垃圾桶的蓋子也弄掉了。」

白羅俯瞰那四個破破爛爛的垃圾桶，以及堆放在後院的雜物。

「鍋爐房在哪裡？」

「那道門過去就是，就在煤炭房旁邊。」

「哦。」

他俯視著，思索著。

「還有誰的房間也面朝這個方向？」

「奈傑爾·查普曼和雷恩·貝特森的房間就在隔壁。」

「再過去呢？」

「再過去是下一幢房子，女生的房間。第一間是西莉亞的，旁邊是伊麗莎白·強斯頓的，再下來是佩翠夏·蓮恩的。瓦萊麗和珍·湯林笙的房間面向前面。」

白羅點點頭，回到屋中。

「這個年輕人很愛乾淨。」他讚賞地環視四周，喃喃自語。

「沒錯，科林的房間總是非常整潔，有些男生的房間簡直是一團糟。」哈伯德太太說，「看一下雷恩·貝特森的房間就知道了。」她寵溺地加了一句：「不過他是個好孩子，白羅先生。」

「你說這些帆布背包都是在路底那家商店買的？」

「對。」

「那家店叫什麼名字？」

「啊，是啊，白羅先生，你這麼一問，我一時還真想不起來。我想是叫馬伯利或者凱索吧。我知道它們聽起來差很遠，可是在我腦中它們是同一類的名字，因為我曾認識一個叫凱索和一個叫馬伯利的人，他們長得很像。」

「啊，」白羅說，「這就是人們使我著迷的原因之一，他們之間總有些看不見的關聯。」

他再度望出窗外，看了花園一陣子，然後向哈伯德太太告辭離去。

他沿著山胡桃路往前走，一直走到轉往大路的街角，很快就找到哈伯德太太說的那家商店。商店櫥窗大量陳列著野餐籃、帆布背包、熱水瓶、各式運動裝備、短褲、叢林衫、遮陽帽、帳篷、泳裝、自行車燈和手電筒；年輕力壯的青年人所需要的東西這兒都有。他注意到商店上方的名字既不是馬伯利也不是凱索，而是希克斯。白羅仔細研究過櫥窗裡的商品後，走進店裡，佯裝要為他杜撰出來的外甥購買背包。

「他喜歡做露營，」白羅以外國文法說道，「他和其他同學走路旅行，他所有的用品都背在背上，有汽車或大卡車經過時，他們就載他一程。」

熱心的店主個子矮小，一頭淺茶色的頭髮，他很快答道：「啊，徒步旅行，」他說：

「現在的年輕人都喜歡搭便車旅行，那一定讓公車和鐵路局損失了不少錢，有些年輕人走遍了整個歐洲。你需要的是一個帆布背包，先生。只要普通的就好了嗎？」

「我想是吧，你還有別的嗎？」

「嗯，我們還有一兩種特別輕巧的，女生用的。不過這種我們賣得最多，料子好又堅固，容量很大，不是我自己說，價格真的非常便宜。」

他拿出一個堅固的帆布背包，據白羅判斷，是跟他在科林的房間裡看到的一模一樣。白羅邊翻看邊問了一些不必要的外行問題，然後當場付錢買了下來。

「真的，這種東西我們賣了很多。」老闆邊包裝邊說。

「很多學生住在附近嗎？」

「是的，這個地區有很多學生。」

「有一家國際學舍，我記得是在山胡桃路？」

「噢，沒錯，我賣了一些給住那邊的小夥子，女生也有。他們出發以前通常到這裡來買需要的用品。我賣得比大商店便宜，我也是這麼對他們說的。好了，先生，我相信你外甥會喜歡的。」

白羅謝了他，帶著包裹走出門。他剛走出一兩步，就有一隻手搭在他肩頭。是夏普警探。

「我正想找你。」夏普說。

「你已經搜查完房子了？」

「都搜過了，但是沒有多大收穫。往前走有個地方可以吃到不錯的三明治和咖啡，如果你不忙，我們就一起去吧，我有話跟你說。」

那家賣三明治的小餐館幾乎是空的，兩人端著盤子和咖啡，坐到角落一張小桌子前。

夏普講述了他詢問學生的結果。

「我們唯一握有證據可以懷疑的人是查普曼，」他說，「而且證據太充分了，他竟然拿到三種毒藥！但是他不太可能和西莉亞．奧斯汀有什麼仇恨，而且我想如果他真的行凶，他還會坦白說出這些嗎？」

「儘管如此，它顯示了其他的可能性。」

「沒錯，把那些東西隨便放在一個抽屜裡，真是不懂事的笨蛋。」

他繼續談到伊麗莎白．強斯頓和她提及西莉亞對她說的話。

「如果她所說的是真的，那就非常重要了。」

「的確很重要。」白羅表示同意。

警探引述西莉亞的那句話：「明天我就會知道更多。」

「所以那個可憐的女孩再也沒有明天了。搜查房子有什麼收穫嗎？」

「有一兩件事……怎麼說呢？也許是意料之外的。」

「比如說？」

「伊麗莎白・強斯頓是共產黨員，我們發現了她的黨證。」

「哦，」白羅沉思著說，「這很有意思。」

「你應該想不到吧，」夏普警探說，「我也是直到昨天問了她之後才知道，那個女孩很有個性。」

「我想她一定是共產黨的重要新血。」赫丘勒・白羅說，「我得說，她是個具有非凡智識的年輕女性。」

「我覺得很值得玩味。」夏普警探說，「因為表面上，她從來沒有發表過贊同共產黨的言論，在山胡桃路時，她對這個話題守口如瓶。我看不出這和西莉亞・奧斯汀的案子有什麼明顯的關聯，但我的意思是說，這件事得記在心裡。」

「你還發現了什麼？」

夏普警探聳了聳肩膀。

「佩翠夏・蓮恩，她的抽屜裡有一塊沾滿綠色墨水的手帕。」

白羅揚起了眉毛。

「綠色墨水？佩翠夏・蓮恩！所以可能是她拿了墨水，把它潑到伊麗莎白・強斯頓的筆記上，然後用手帕擦了手。當然……」

「當然她不會讓她親愛的奈傑爾遭到懷疑。」夏普替他說完了。

「大家不會這麼想。不過，也可能是別人把手帕放到她的抽屜裡。」

「很有可能。」

「還有別的嗎？」

「嗯，」夏普想了一下。「雷恩．貝特森的父親好像住在朗威街的精神病院，醫生診斷患有精神病。我不認為這有什麼特殊意義，但是……」

「雷恩．貝特森的父親精神異常，也許沒有什麼意義，但如你所說，這也是一件必須記到腦海裡的事，如果能得知他得了什麼類型的精神病就更好了。」

「貝特森是個不錯的年輕人，」夏普說，「當然他的脾氣有點，嗯……難以控制。」

白羅點點頭。突然，他清楚地記起了西莉亞．奧斯汀說過的話：「哦，那不是我剪碎的，那是有人在發洩情緒吧。」她怎麼知道那是一種情緒的發洩？難道她看見雷恩．貝特森在剪那個背包嗎？他回過神來，聽到夏普咧嘴笑道：「還有阿奇梅德．阿里，他有一些非常色情的書刊和明信片，這就是為什麼他對搜查行動這麼憤怒。」

「看來，一定有不少人提出抗議？」

「我得說是的，有個法國女孩歇斯底里地大鬧。有個印度人錢卓．萊爾威脅說要把它搞成國際糾紛，他持有一些反動宣傳單，就是那種很普通、很幼稚的東西。還有個西非學生有一些非常嚇人的紀念品和膜拜的用品。是的，一張搜索狀讓你真確見識了人性特殊的面向。你聽說妮可萊蒂太太和她櫥櫃的事了嗎？」

「是的，我聽說了。」

夏普警探咧嘴一笑。

「我這輩子從沒看過那麼多白蘭地空瓶子！她好恨我們喔！」

他大笑起來，接著，突然又變得嚴肅。

「但是我們沒有發現要找的東西。」他說，「護照都是合法的，沒有假造。」

「你不可能期望他們會把假護照留在那裡等你發現，我的朋友，你有沒有因為查什麼護照去過山胡桃路二十六號？比如說，在過去六個月內？」

「沒有，我可以告訴你六個月來我們唯一一次去那裡的經過。」

他詳細地描述了一遍。

白羅皺著眉頭聽著。

「就這些，沒有什麼意義。」他說。

白羅搖搖頭。

「我們只有從事情的源頭開始，才能找到意義。」

「你所說的源頭是什麼，白羅？」

「那個背包，朋友，」白羅輕聲說，「那個帆布背包，一切都是從它開始的。」

14

妮可萊蒂太太從地下室走上來，她剛剛成功地激怒了傑羅尼莫和神經質的瑪麗亞。

「騙子！小偷！」妮可萊蒂太太洋洋得意地高聲說，「所有的義大利人都是騙子和小偷！」

哈伯德太太正要下樓，她苦惱地嘆了口氣。

「真可惜，」她說，「偏在他們做晚餐的時候惹惱他們。」

「我有什麼好怕的？」妮可萊蒂太太說，「我又不在這裡吃晚餐。」

哈伯德太太話到嘴邊又強壓了下去。

「和往常一樣，星期一我會再過來。」妮可萊蒂太太說。

「知道了，妮可萊蒂太太。」

「星期一早上第一件事就是，拜託你找人把我的櫥櫃門修好，修理費的帳單就交給警察局，知道嗎？給警察局。」

哈伯德太太有點遲疑。

「還有，黑壓壓的走廊要換上新的電燈泡，大瓦數的，走廊太暗了。」

「你特別交代過，走廊要裝低瓦數的燈泡，為了節約。」

「那是上個禮拜說的。」妮可萊蒂太太脫口說道，「現在情況不同了。現在我一回過頭就會想，誰在後面跟著我？」

哈伯德太太想，不知老闆是太誇張了，還是她真的害怕什麼東西或什麼人？妮可萊蒂太太習慣什麼事都誇大其辭，所以很難搞清楚她的話應該相信幾分。

哈伯德太太充滿疑慮地說：「你確定要一個人回去嗎？我陪你回去好嗎？」

「告訴你，我在那裡比在這裡安全！」

「但是你到底在害怕什麼？如果我知道了，也許可以……」

「不關你的事，我什麼也不會告訴你。你一直跟我問問題，真讓人受不了。」

「很抱歉。我相信……」

「我又得罪你了。」妮可萊蒂太太露出燦爛的笑容。「我脾氣又壞又粗魯，沒錯。可是我有很多事情要擔心。請記住，我信任你、依賴你，沒有你我該怎麼辦？親愛的哈伯德太太，我真的不知道。來，我送你一個飛吻，週末愉快，晚安。」

哈伯德太太看著她穿過前門出去，把門拉上。她不遜地說了聲「哼，才怪！」，發洩一下苦悶，然後轉身走向通往廚房的樓梯。

妮可萊蒂太太走下前門的台階，穿出大門，向左一轉。山胡桃路相當寬闊，兩旁的房子都縮在各自的花園後面。路的盡頭離二十六號幾分鐘路程處，是倫敦的一條主要道路，路上公車轆轆咆哮著。路底有一盞紅綠燈和一家酒館，酒館名字叫「女王的項鍊」，坐落在街角。妮可萊蒂太太步行在人行道中央，不時緊張地回頭張望，但並沒有任何人影，今天晚上山胡桃路顯得特別荒涼。走近「女王的項鍊」時，她稍微加快腳步，又匆匆張望了四周之後，才心虛地溜進酒館。

啜飲著她點來的雙倍白蘭地，她的精神恢復了過來，看起來不再像剛剛那麼恐懼不安了。但是，她對警察的憎恨並沒有減少。她低聲自言自語：「蓋世太保！我會讓他們付出代價的。沒錯，他們得付出代價！」她一口把酒喝光，又叫了一杯，然後一一回想剛剛發生的事。倒楣，真是倒楣透了，警察做事竟然那樣不上道，把她祕密貯藏的東西挖出來，要這件事不在學生宿舍裡傳開可難了，哈伯德太太或許會謹慎一點，但也或許不會，因為說真的，誰能相信誰呢？這種事情一定會馬上傳開，傑羅尼莫知道這件事，他也許已經告訴他老婆了，然後她會告訴清潔婦，這樣一個接一個地傳下去……

一個聲音從背後傳來，她猛然驚起。

「怎麼是你，尼克太太？我不知道你也會到這裡來。」

「噢，是你啊，」她說，「我以為……」

「你以為是誰？邪惡的大野狼？你在喝什麼？我也要一杯。」

「沒有一件事順心，」妮可萊蒂太太鄭重地解釋，「那批警察搜查了我的宿舍，搞得每個人都心煩意亂。我可憐的心臟，我得小心我的心臟。我不喜歡喝酒，不過一出來時覺得好虛弱，很想喝點白蘭地……」

「沒什麼東西比得上白蘭地，給你。」

喝完後不久，妮可萊蒂太太離開了「女王的項鍊」，心情愉快，精神也好多了。她決定不坐公車，這是個迷人的夜晚，呼吸新鮮空氣對她的身體有益。她沒有感覺到腳下踉蹌不穩，只是腦筋有點迷迷糊糊。也許少喝一杯白蘭地才是明智之舉，但清新的空氣會讓她的頭腦很快清醒過來。說來，女人為什麼不能在自己的房間裡偶爾安靜喝點東西？那有什麼錯？她又沒讓人發現自己喝醉過。喝醉？當然，她從未喝醉過。不管怎麼樣，如果他們不喜歡，如果他們敢批評她，她馬上就叫他們滾蛋！她也知道一些內情，不是嗎？就看她要不要開砲了！妮可萊蒂太太凶猛地搖晃了一下腦袋，向旁邊一閃，避開立在前面一個危險的郵筒。沒錯，她的腦袋有點不清醒了。也許在這堵牆上靠一會兒？如果她閉上眼睛一下……

§

波特警佐正以輕快的步伐大搖大擺地執行巡邏任務，有個外表羞怯的店員跑過來說：

「那裡有個女人，警官。真的，她看上去好像生病了還是怎麼的，癱在地上了。」

波特警佐跨大步朝那個方向走去，他俯身查看躺臥在地上的那個人，一股濃烈的白蘭地酒味證實了他的懷疑。

「昏過去了。」他說道，「喝醉了。啊，好吧，別擔心，先生，我們會處理這件事。」

§

赫丘勒．白羅吃完週日早餐後，仔細地將殘留在鬍鬚上的巧克力擦去，然後走進客廳。桌上整齊地擺放著四個帆布背包，每個都附有一張帳單，這是喬治依照他的吩咐處理的成果。白羅從包裹裡拿出前一天買的那個背包，和其他四個放在一起，結果很有意思。他在希克斯商店買的背包，無論怎麼看都不比喬治從其他商店買來的貨色差，但價格便宜多了。

「有趣。」赫丘勒．白羅說。

他盯著背包。

接著他開始檢查裡層和外觀，倒過來摸摸接縫、小口袋和背帶。他站起來，走進浴室拿來一把鋒利小刀。他把希克斯商店買來的背包裡層翻出來，用刀劃開底部，內襯和背包底部之間有個硬實的波狀襯底，外表看起來很像瓦楞紙。白羅興味盎然地看著被肢解的背包。

接著他繼續把另外幾個背包也割破。

最後他舒適地坐下來，審視著他剛剛毀壞的那堆東西。

他把電話拿到身旁，不久便接通了夏普警探。

「聽著，親愛的朋友，」他說，「我只想知道兩件事。」

話筒裡傳來夏普警探大笑的聲音。他說：「我只知道馬的兩件事，其中一件很粗鄙。」

「你說什麼？」赫丘勒．白羅驚訝地說。

「沒什麼，沒什麼，只不過是一首童詩罷了。你想知道哪兩件事？」

「你昨天提到，過去三個月裡有警察到山胡桃路調查過。你可以告訴我是哪一天、幾點去的嗎？」

「可以，嗯，這很容易，檔案裡都有記錄，等一會兒，我去查一下。」

警探很快就回來了。

「就印度學生進行反動宣傳進行的第一次調查，去年十二月十八日，下午三點半。」

「那離現在太久了。」

「調查歐亞裔青年蒙塔古．瓊斯涉及劍橋艾麗斯．庫姆太太被殺一案而遭警方通緝——二月二十四日，下午五點半。調查西非人威廉．羅賓遜，遭雪菲爾警方通緝，三月六日，上午十一點。」

「啊！謝謝你。」

「如果你認為其中哪個案子可能和此案有關……」

白羅打斷了他。

「不，它們和本案沒有關聯，我只是對你們去調查的時間有興趣。」

「你在做什麼，白羅？」

「我在詳細研究帆布背包，我的朋友，這是件非常有趣的事。」

他輕輕放下話筒。

他從袖珍記事本裡拿出昨天哈伯德太太交給他的修正清單，上面這樣寫著：

帆布背包（雷恩．貝特森的）

電燈泡

手鐲（珍妮芙的）

鑽戒（佩翠夏的）

粉盒（珍妮芙的）

晚宴鞋（莎莉的）

口紅（伊麗莎白．強斯頓的）

耳環（瓦萊麗的）

聽診器（雷恩．貝特森的）

浴鹽（？）

剪成碎片的絲巾（瓦萊麗的）

褲子（科林的）

食譜（？）

硼砂粉（錢卓・萊爾的）

人造胸針（莎莉的）

潑在伊麗莎白報告上的墨水。

（我已經盡最大力量了，不完全精確。L・哈伯德）

白羅看著它好一陣子。

他嘆了口氣，自言自語。

「沒錯，很明顯……我們得把不重要的東西刪除……」

他想到有個人能幫他做這件事。今天是星期天，大多數學生應該都在宿舍裡。

他撥了山胡桃路二十六號的電話號碼，找瓦萊麗・霍浩斯小姐聽電話。電話裡那個聲音濃濁、說話帶喉音的人不確定她是否已經起床，說他去看看。

不久，他聽到一個低沉嘶啞的聲音。

「我是瓦萊麗・霍浩斯。」

「我是赫丘勒・白羅，你還記得我嗎？」

「當然，白羅先生，我能為你做什麼？」
「如果方便的話，我想和你簡短地談一會兒。」
「沒問題。」
「那麼我馬上到山胡桃路來？」
「好，我等你。我會叫傑羅尼莫帶你到我房間來，星期天這裡沒什麼隱私。」
「謝謝你，霍浩斯小姐，非常感謝。」
傑羅尼莫動作誇大地為白羅開門，接著以他慣常的鬼祟神態俯身向前對他說：「我偷偷帶你上樓找瓦萊麗小姐，別出聲，噓……」
他把手指放在嘴唇上，領著白羅上樓，走進一間俯瞰山胡桃路的寬敞房間。以一個出租的臥室兼客廳而言，房裡的布置很有品味，也頗為豪華。長沙發床上鋪著一條老舊但美麗的波斯毯，一張安妮女王時代樣式的精緻胡桃木桌子，白羅判斷，不太可能是山胡桃路二十六號配置的家具。
瓦萊麗・霍浩斯站在那兒等候他，他覺得她看上去很疲倦，眼睛四周布滿了黑眼圈。
「Mais vous êtes très bien ici[14]。」白羅打招呼時說道，「很高雅，很有品味。」

14　法語，意思是「你這兒確實不錯」。

瓦萊麗笑了。

「我在這裡住很久了，」她說，「兩年半，快三年了。我差不多要在這裡生根了，到處都是自己的東西。」

「你不是學生吧，小姐？」

「對，我不是學生，我已經在工作了。」

「在一家化妝品公司，是嗎？」

「是的，我是『莎賓娜美人』的採購，那是一家美容沙龍，事實上我有一小部分股權。除了美容用品外，我們還販賣某些相關用品，女裝配件、巴黎的廉價小飾品等等，那就是我的工作。」

「所以你經常到巴黎和歐洲？」

「對，大概一個月一次，有時更頻繁。」

「如果我表現得太好奇的話，」白羅說，「請你一定要諒解……」

「這有什麼關係？」她打斷他的話。「在這種情況下，我們都必須容忍別人的好奇心，昨天我已經回答了夏普警探很多問題。白羅先生，看來你比較喜歡坐直背座椅，而不是這種矮背扶手椅。」

「你的觀察很敏銳，小姐。」

白羅小心、筆直地坐到一把高背的扶手椅上。

瓦萊麗坐在沙發床上，她遞給他一根菸，自己也拿了一根，點了火。他注意觀察著，她的優雅中帶著緊張和憔悴，這比漂亮的外表更吸引他。他心裡想著：這是一個聰明、有魅力的年輕女孩。他不知道她的緊張是由於不久前剛受到訊問，或者是她天生的性格特質。他記起他來吃晚餐那晚，對她也有相同的看法。

「夏普警探訊問過你了？」他問。

「是的，確實如此。」

「你把你知道的都告訴他了？」

「當然。」

「我很懷疑，」白羅說，「你說的全是真話。」

她帶著譏刺的表情看著他。

「你又沒有聽到我對夏普警探說些什麼，怎麼能做這種判斷。」她說。

「哦，不，這只是我的一點小小想法。我有一些小小的想法，在這兒。」他輕輕敲了敲自己的腦袋。

可以看得出來，白羅又故技重施，刻意扮演江湖郎中的把戲。但瓦萊麗並沒有發笑，她瞪視著他，直接打斷。

「我們能回到正題嗎，白羅先生？」她問道，「我實在不知道你要說什麼。」

「當然可以，霍浩斯小姐。」

他從口袋裡拿出一個小包裹。

「也許你可以猜猜這裡面是什麼。」

「我沒有特異功能，白羅先生，我沒辦法看透紙張和包裝裡的東西。」

「這裡面是，」白羅說，「佩翠夏．蓮恩小姐失竊的戒指。」

「那枚訂婚戒指？我是說，她媽媽的訂婚戒指？但為什麼在你這裡？」

「我跟她借了一兩天。」

瓦萊麗再次驚訝得眉毛高聳。

「這樣啊。」她說。

「我對這戒指很有興趣，」白羅說，「對它的遺失、歸還和與它相關的事都感興趣。所以我請蓮恩小姐把它借給我，她直爽地答應了，後來我便帶著它去找一個珠寶商朋友。」

「後來呢？」

「我請他鑑定這顆鑽石。這寶石相當大，如果你還記得的話，它的周圍鑲著一圈碎鑽。你還記得嗎，小姐？」

「也許吧，我不是很清楚。」

「但是你拿過它，不是嗎？它是在你的湯盤裡發現的。」

「小偷就是用這種方式歸還的！沒錯，我想起來了，我差點把它吞下去。」瓦萊麗發出一聲短促的笑聲。

「我剛才說了，我把戒指交給我的珠寶商朋友，請他鑑定這顆鑽石，你知道他的答覆是什麼嗎？」

「我怎麼知道？」

「他的回答是，這塊石頭不是鑽石，它只是顆鋯石，一顆白鋯石。」

「哦！」她盯著他看，然後語調有些猶疑地繼續說，「你是說，佩翠夏以為它是一顆鑽石，但其實它只是一顆鋯石，或者……」

白羅搖著頭。

「不，我不是這個意思。這是一枚訂婚戒指，就我所知，是佩翠夏．蓮恩的母親的。蓮恩小姐出身良好，我相信，她的家人在頒發新稅制之前，生活應該十分優渥。小姐，在他們那個圈子裡，訂婚戒指通常都很值錢，可能是一枚鑽戒或者鑲有其他珍貴寶石的戒指。我相當確信，蓮恩小姐的父親必然會給她母親一枚價值昂貴的訂婚戒指。」

「這點，」瓦萊麗說，「我非常同意你的觀點，我猜佩翠夏的父親是個小鄉紳。」

「所以，」白羅說，「戒指上的鑽石一定是後來被人換掉了。」

「我想，」瓦萊麗緩緩說道：「佩翠夏可能把鑽石弄丟了，但她配不起另一枚鑽石，所以就用鋯石來代替。」

「這是可能的，」赫丘勒．白羅說，「但我想事實並非如此。」

「嗯，白羅先生，如果純粹猜測的話，你認為這是怎麼回事？」

「我猜，」白羅說，「戒指是西莉亞拿走的，而鑽石被挖了下來，然後在歸還以前，用一顆鋯石替代了。」

瓦萊麗坐直了身體。

「你認為西莉亞故意偷了那顆鑽石？」

白羅搖搖頭。

「不，」他說，「我認為是你偷的，小姐。」

瓦萊麗倒抽了一口冷氣。

「噢，真是的！」她叫了起來。「這話說得太過分了，你根本沒有證據！」

「你錯了，」白羅打斷她。「我有證據。戒指是放在湯盤裡歸還的，而我在這兒吃過一次晚餐，我注意到上湯的方式。湯是從桌上的有蓋湯盆裡盛出來的，所以，如果有人在他的湯盤裡發現了戒指，那只可能是盛湯的人（這時指的是傑羅尼莫）或喝那盤湯的人放進去的。就是你！我不認為是傑羅尼莫。我想是你表演了從湯裡找到戒指的那幕戲，因為你覺得這樣很有趣。如果要我提出批評的話，我必須說，你有一種過於戲劇化的幽默感。把戒指拿起來，放聲大叫！我想你沉迷於這種幽默感中，小姐，但是你沒想到，正是這種幽默感露出破綻。」

「還有呢？」瓦萊麗嘲弄地說。

「哦，是的，當然還有。你看，那天晚上西莉亞招認那些竊案時，我注意到幾個小地方。比如提到這枚戒指時，她說：『我知道它很值錢後，馬上就還回去了。』她是怎麼知道的，瓦萊麗小姐？是誰告訴她這枚戒指很值錢？還有，在提到剪碎的絲巾時，西莉亞是這樣說的：『瓦萊麗不會介意的……』你的高級絲巾被剪成了碎片，為什麼你不會介意？我當下就有一種感覺：這多起失竊事件、讓她扮成偷竊狂從而吸引科林．麥克納的注意，全都是另外某個人為西莉亞想出來的，一個比西莉亞聰明得多、有豐富心理學常識的人。是你告訴她戒指很值錢；是你策畫了歸還戒指的方法；同樣也是在你的建議下，她才把你的絲巾剪成碎片。」

「一派胡言，」瓦萊麗說，「而且完全是牽強附會，其實警探也暗示過，是我教唆西莉亞玩那些把戲。」

「你怎麼回答他呢？」

「我說他是在亂說。」瓦萊麗說。

「那你要怎麼回答我呢？」

瓦萊麗探詢地注視了他一會兒，接著發出一聲短笑，她按熄香菸，身體往後靠在一塊墊子上，說：「你完全正確，是我教她那麼做的。」

「我可以問為什麼嗎？」

瓦萊麗不耐煩地說：「哦，完全是出於愚蠢的好心腸、善意的干涉。西莉亞像個小幽靈一樣癡戀著從來不看她一眼的科林，看起來真的好傻。科林是那種沉迷於心理學、各種情結和感情障礙等理論，而且極端自負、我行我素的人，我覺得慫恿和愚弄他一下會是很有趣的事。總之，我不想看到西莉亞那麼痛苦。所以我找她，和她談了一次，把整個計畫大致解釋了一下，催促她趕快行動。我想，她對整個計畫有點不安，但也非常興奮。接下來，那個小傻瓜做的第一件事是，她發現佩翠夏的戒指忘在浴室裡，就順手把它偷走了。那是非常值錢的珠寶，會引起軒然大波的，可能還會報警，那後果就很嚴重了。所以我把戒指從她那裡抓過來，告訴她我會想辦法歸還，叫她以後只能拿人造珠寶、化妝品，也可以故意破壞我的一些小東西，只要不會讓她惹上麻煩就行了。」

白羅深吸了一口氣。

「和我想的一模一樣。」他說。

「真希望我沒做過那些事，」瓦萊麗沉著臉說，「但我真的是出於好意。這麼說聽起來很惡劣，就像珍．湯林笙一樣，但事實就是如此。」

「現在，」白羅說，「我們來談佩翠夏那顆戒指的事。西莉亞把它交給你，讓你假裝在某個地方找到它，再把它還給佩翠夏。」他停了一下又問道：「但在還給佩翠夏之前，發生了什麼事？」

他觀察到她的手指緊張地把頸上絲巾的流蘇編了又解、解了又編，他繼續說服著說：

「你手頭很緊，呃，是因為這個嗎？」

她沒有抬頭看他，快速點了點頭。

「我說過我會全部供認的。」她聲音中帶著痛苦。「白羅先生，我的麻煩是，我好賭。這種癖好是與生俱來的，你拿它一點辦法也沒有。我是梅費爾[15]一個小俱樂部的成員。哦，我不能告訴你在什麼地方，我不想讓它遭到警察臨檢或什麼的，反正我是那裡的會員就是了。那裡有輪盤、撲克等等，我一次又一次賭輸，輸得很慘。我拿到佩翠夏這枚戒指後，有天經過一家商店，裡面有枚鋯石戒指。我暗想：『如果我用白鋯石和鑽石對調，佩翠夏不會發現有差別！』因為自己很熟悉的戒指，你不會仔細去看它。如果鑽石看起來比平常暗一點，你會以為它需要清洗。好吧，我一時衝動，就把鑽石撬下來賣了，再用鋯石裝上去。那天晚上我假裝在湯裡發現了戒指，我承認這真的是很蠢。現在你都知道了，但真的，我從來沒想過要讓西莉亞為這件事擔罪。」

「是的，是的，我了解。」白羅點點頭。「那只是你偶然碰到的機會，看起來很容易，所以你就做了。但是你犯了很嚴重的錯誤，小姐。」

「我知道。」瓦萊麗面無表情地回答，接著她不悅地叫道：「見鬼去吧，現在說這些又有什麼用？哦，如果你高興，就把我交給警方吧。告訴佩翠夏，告訴警探，告訴所有人啊！但是這樣做有什麼好處？可以讓我們找到殺害西莉亞的凶手嗎？」

15　梅費爾（Mayfair），倫敦海德公園以東的高級住宅區。

白羅站起來。

「誰都不可能事先知道，」他說，「什麼有好處、什麼沒有好處。我們得先把無關緊要、讓事情混淆不清的東西清除出去。對我來說，找到是誰鼓動小西莉亞那樣做很重要，現在我知道是誰了。至於戒指，我建議你自己去找佩翠夏．蓮恩小姐，告訴她你做了什麼，而且鄭重道歉。」

瓦萊麗苦笑了一下。

「總之，這也是個不錯的建議。」她說，「好吧，我會去見佩翠夏，我會忍氣吞聲。佩翠夏人還不錯，我跟她說，我一有錢就會把鑽石換回來。你就是希望我這樣，是嗎，白羅先生？」

「不是我希望，而是這樣做才是明智的。」

門突然開了，哈伯德太太走了進來。

她呼吸急促，臉上的表情使瓦萊麗叫了出來。

「出什麼事了，老媽？發生什麼事了？」

哈伯德太太坐到一把椅子上。

「妮可萊蒂太太出事了。」

「妮可萊蒂太太？她怎麼了？」

「哦，我的天，她死了！」

「死了？」瓦萊麗的聲音嘶啞了。「怎麼死的？什麼時候？」

「好像是昨天晚上有人在街上發現她，他們把她帶到警察局。他們以為她只是……只是……」

「喝醉了，我猜？」

「是的，她喝酒了。總之……她死了。」

「可憐的妮可萊蒂太太。」瓦萊麗說，她嘶啞的聲音中帶著一絲顫抖。

白羅溫柔地說：「你喜歡她，小姐？」

「說來奇怪，她是個不折不扣的老怪物，但是，我……我剛到這兒的時候，也就是三年前，她完全不是這樣……不像後來那麼暴烈。她容易相處，很有趣，心腸很好。但從去年開始她變了好多……」瓦萊麗看著哈伯德太太。「我想那是因為她養成了偷偷喝酒的習慣，他們在她房間裡發現了很多瓶子，不是嗎？」

「是的。」哈伯德太太遲疑了一會兒，接著脫口而出。「都怪我不好，昨天晚上讓她一個人回家。她好像在害怕什麼。」

「害怕？」

白羅和瓦萊麗異口同聲地說。

哈伯德太太怏怏地點點頭，她溫和的圓臉上布滿了憂煩。

「是的，她一直說她感到不安全，我叫她告訴我她在害怕什麼，她一口就回絕了。當然，也不知道她是不是誇大其詞，但是現在，我懷疑……」

瓦萊麗說：「你不會認為她，她也是，也是……」

她停住了，眼裡露出一絲恐懼。

「他們說她的死因是什麼？」白羅問。

哈伯德太太難過地說：「他們沒說，還要進行驗屍——星期二。」

15

在新蘇格蘭警場一個安靜的房間裡，四個男人圍坐在一張桌子旁。

主持會議的是緝毒組的刑事主任懷爾丁，他旁邊是精力充沛、凡事樂觀的年輕警官貝爾，他外表看來像隻急不可耐的獵犬。靠在椅背上，沉靜而又保持警覺的那人是夏普警探。第四個人是赫丘勒．白羅，桌上放著一個帆布背包。

懷爾丁主任撫摸下巴沉思著。

「這是個很有趣的觀點，白羅先生。」他謹慎地說，「是的，是個很有趣的觀點。」

「這，就如我所說的，還只是一種想法。」白羅說。

懷爾丁點點頭。

「我們已經談了大致的情況，」他說，「當然任何時候都會有走私的問題，用這種或那種方式走私。我們掃了一批走私販，過了一段時間，同樣的事情又會在別的地方冒出來。

就拿我的部門來說，過去一年半裡有大量毒品被偷運進來，大部分是海洛因，也有不少古柯鹼。整個歐洲到處都是各種毒品的交易點，法國警方已經掌握了一兩條毒品流入法國的管道，可是對它們如何偷運出境就所知不多了。」

「不知這樣說是否正確，」白羅說，「你們的問題大致可以分為三方面：毒品的分布、貨品流入的方式，以及是誰在掌控並賺取龐大利潤？」

「大致來說沒錯。我們對於那些小毒販和毒品的流通知之甚詳。有些毒販已經逮捕了，有些則先留著希望能釣到大魚。交易管道很多，夜總會、酒館、藥房、醫生、服裝設計師或髮型設計師等。交貨地點可能在賽馬場、古董店，有時則在擁擠的雜貨店內，但我不需要講得太詳細，這不是最重要的。這些問題我們都掌握得很清楚，而且也鎖定了那些大魚。有一兩個甚至是備受敬重、從來沒被懷疑過的有錢富紳，他們非常小心，自己從不經手貨品，底下的小嘍囉甚至不知道他們是誰，但他們偶爾也會失手，那時候我們就可以逮到他了。」

「和我想的差不多。我感興趣的是第三個問題：毒品是怎麼流進來的？」

「啊，我們是一個島國，最常見的就是老法子，走水路。雇一艘船，悄悄在東海岸哪個地方登陸，或者利用一艘小汽艇偷偷穿過海峽，從南部的小海灣上岸。他們到手了幾次，但是早晚我們會循線找到那艘船的主人，而他一旦受到懷疑，機會就沒了。近來有一兩次毒品是利用飛機運進來的，毒販提供的報酬相當可觀，總會有個空服員或機組人員露出了人性的弱點。還有進口商，像聲譽卓著的豪華鋼琴公司之類的，他們可以成功闖關幾次，但通常最後還是會被我們識破。」

「當你要進行非法買賣，最困難的環節在於從國外運進來的方法，你同意這觀點嗎？」

「完全同意。還有一點，我們已經擔憂很久了：毒品流入的數量已經遠超過我們能追蹤攔截的速度了。」

「其他情況怎麼樣，比如說珠寶？」

貝爾警佐開口了。

「這方面的走私很猖獗，先生。非法鑽石和其他寶石都來自南非和澳洲，有些則來自遠東。它們源源不斷地出現，我們根本無從得知是怎麼進來的。前幾天在法國，有個年輕婦女，只是個普通遊客，碰到某個偶然相識的人問她能不能幫忙帶一雙鞋子回來。鞋不是新的，不用付關稅，只是某人忘記帶走的鞋子。她毫無疑心地就答應了，結果被我們發現，鞋跟中間被挖空了，裡面藏著未切割過的鑽石。」

懷爾丁主任說：「對了，白羅先生，你在追查的是什麼，販毒還是珠寶走私？」

「都有。實際上任何價值高、體積小的東西都是我追查的對象。就我看來，在所謂的貨運服務中有個漏洞，讓走私者可以在海峽間來回運送我剛剛說的那些物品。他們把偷來的珠寶從鑲座上取下來，偷運出英國，同時把非法的寶石和毒品偷渡進來。他們可能是很小的獨立單位，和犯罪集團沒有關聯，他們做這檔事只為了抽取佣金，而且利潤可能非常高。」

「這點你是正確的！價值一兩萬鎊的海洛因可以放在很小的空間裡，價值昂貴的未切割寶石也一樣。」

「你知道，」白羅說，「走私犯最後大都敗在人的因素。遲早你會懷疑某個人，空服員、有一艘小型遊艇的航海狂、頻繁往返法國的婦女、收入比合理利潤高很多的進口商，或者沒有正常工作卻過著優裕生活的人。但如果貨品是經由不知情的人帶進來，而且每次都是不同的人，那麼發現貨物的困難就大大增加了。」

懷爾丁按了按那只帆布背包。

「這就是你的暗示？」

「是的。誰最不會受到懷疑？學生，認真、勤奮的學生。他們沒什麼錢，背上一個背包就四處旅行，徒步玩遍歐洲。如果有某個特定的學生一直在偷運毒品，你一定遲早會識破他。但是整個計畫的巧妙之處在於，攜帶毒品的人本身並不知情，而且這樣的人非常多。」

懷爾丁撫摩著下巴。

「你認為它是怎麼安排的，白羅先生？」他問。

赫丘勒．白羅聳了聳肩。

「這點我只是猜測而已，細節方面我也許會推論錯誤，但我想它大致是這樣運作的：第一步，在市場上推出某種款式的帆布背包，這些背包的款式很普通，和別的背包一樣，質地優良、堅固耐用，很符合它的用途。我說『和別的背包一樣』，實際上卻並非如此。它的底部設計略有不同，正如諸位看到的，它很容易卸除，而且其厚度和剪裁正好足以把珠寶和粉狀毒品藏在皺褶裡層。除非你刻意尋找，否則不可能會懷疑到它。高純度的海洛因和古柯鹼所需要的空間非常小。」

「對極了。」懷爾丁說道，「啊，」他快速地翻看檢視著。「一個人一次就能帶進價值五、六千英鎊的貨，沒有人會識破。」

「完全正確。」赫丘勒．白羅說，「嗯！背包製造完成、推出、開始銷售，也許不只在一家商店販賣。商店老闆可能是一夥的，也可能不是，他或許只是覺得賣便宜款式的背包利潤較高，因為他的售價和其他同業比起來很有優勢。當然，幕後一定有某個組織在操縱，有份精心收集的醫學院、倫敦大學或其他地方的學生名單。這個集團的頭頭可能也是學生，或者偽裝成學生。學生們出國後，在回程的某個地方，背包被調換。學生回到英國，海關馬馬虎虎地檢查一下就放行了，等他回到宿舍，把行李取出來，空背包被扔進櫃子裡或房間的某個角落，這時背包會再次被調換，或者襯底也可能被抽出，用另一個乾淨的來替換。」

「你認為山胡桃路就發生了這樣的事？」

白羅點點頭。

「這是我的推測，沒錯。」

「但你是怎麼知道的，白羅先生？先假設你是對的。」

「有個背包被剪成碎片，」白羅說，「為什麼？既然原因不單純，我們就得發揮想像力。在山胡桃路宿舍的這些背包有個很奇怪的現象，它們太便宜了。山胡桃路發生了一連串古怪的事，但前來認錯的女孩卻發誓說，破壞背包的事絕對不是她做的。既然她已經招認了其他事情，為什麼要否認這件呢？所以她說的是真話。那麼破壞背包一定另有原因。毀壞一個帆布背包可不容易，挺困難的，某人一定是情急之下才做的。當我發現那個背包大概（只是大概，哎，因為事情過了幾個月，人們的記憶都模糊不清了）是在警察前去拜訪宿舍管理員那天被毀壞的之後，我開始覺得事有蹊蹺。其實警察拜訪的目的完全是為了另一件事。先這樣想像好了：你是和這個走私集團有關的人，那天你回到宿舍，聽說警察來了，正在樓上和哈伯德太太談話，你馬上以為警察是為了走私集團的事情前來調查的。姑且假設，那時你房裡正好有一個帆布背包是剛從國外帶回來的，裡面裝著……或者曾經裝過違禁品。如果警方已經得知來龍去脈，那他們來山胡桃路的目的一定是檢查學生的背包。你不敢帶著那個有問題的背包走出宿舍，因為就你所知，警方會派人守在屋外，嚴密監視這棟房子和所有進出的物品，背包可沒辦法隨便隱藏或偽裝。你想到唯一的辦法是剪碎它，把碎片塞到鍋爐房的廢舊物品堆裡。如果屋裡有毒品或珠寶，它們可能藏到浴鹽裡面作為應急措施。但即使背包已經清空，如果它裝過毒品，經過仔細檢查和分析後，警方還是可以發現海洛因或古柯鹼的蛛絲馬跡，所以那個背包一定要毀掉。你同意有這種可能嗎？」

「這是一種觀點，我已經說過。」懷爾丁刑事主任說。

「還有件一直被忽略的小事可能和帆布背包有關。根據那個義大利傭人傑羅尼莫所說，當天，或者前後幾天，警察來的時候，大廳的燈泡不見了。他想去找燈泡換上，發現備用燈泡也不見了。他非常肯定前兩天抽屜裡還有備用燈泡。我猜有這樣的可能——說來牽強，我不敢十分確定，你知道，它只是一種可能——某個人以前可能參與過走私集團，他害怕在明亮的燈光下警察可能會認出他來，於是悄悄拆走大廳的燈泡，而且把新燈泡也一併拿走，這樣就無法換上燈泡，結果大廳裡只好用蠟燭照明。這點，我已說過，只是一種猜想。」

「這是個很聰明的想法。」懷爾丁說。

「這很有可能，長官，」貝爾警佐熱切地說，「我愈想愈覺得可能。」

「但如果是這樣，」懷爾丁繼續說道，「那就不只牽涉到山胡桃路那家宿舍了？」

白羅點點頭。

「沒錯，這個組織一定包含了許多學生俱樂部等等。」

「我們得在他們之間找到關聯處。」懷爾丁說。

夏普警探第一次開口。

「有個關聯，長官，」他說，「或者說，曾經有個相關人物。有位女士經營了好幾家學生俱樂部和宿舍，她就是山胡桃路的妮可萊蒂太太。」

懷爾丁飛快地看了白羅一眼。

「是的，」白羅說道，「妮可萊蒂太太的條件完全符合，雖然她不是自己管理，但是她在這些地方都有收入。她的做法是，每個地方找個可靠、有經驗的人來管理日常事務，我的朋友哈伯德太太就是其一。經費都是妮可萊蒂太太提供的，但我懷疑她只不過是個傀儡。」

「嗯，」懷爾丁說，「我想，多了解一下妮可萊蒂太太的情況會很有用。」

夏普點點頭。

「我們正在調查她，」他說，「她的個人背景和出身。我們必須小心處理，以免打草驚蛇。我們也在調查她的財務狀況，我覺得，這個女人是個不折不扣的悍婦。」

他描述了妮可萊蒂太太反抗搜索的經過。

「白蘭地瓶子？」懷爾丁說，「所以她酗酒？嗯，這樣事情就簡單了。她現在呢？逃跑了？」

「不，長官，她死了。」

「死了？」懷爾丁揚起眉毛。「你是說黑社會幹的？」

「我想是的，沒錯。驗屍後就能確定了。我個人認為，她精神開始崩潰了，也許是受不了良心譴責。」

「你說的是西莉亞．奧斯汀的案子嗎？那個女孩知道內幕嗎？」

「她知道一些事，」白羅說道，「也許可以這麼說，我認為她根本不知道她知道的是什麼！」

「你是說她知道一些事，但並不了解其中的內幕？」

「是的，正是如此。她不是個聰明的女孩，可能推斷不出來。不過她或許看到或聽到了某件事，無意中對別人談起過。」

「你知道她看到或聽到什麼嗎，白羅先生？」

「我只能猜測，」白羅說，「無法再深究了。她提到過一份護照。宿舍裡是不是有人持有一份假護照，以便用假名在歐陸和英國之間往返？如果事情張揚出去，是不是會帶給那個人莫大的危險？她是不是看到誰在破壞那個背包，或者看見誰在取出那個背包的襯底，但並不知道他在做什麼？也許她看見了那個拿下燈泡的人，而且不明所以地跟那人提到這件事？啊，我的天！」他煩躁地說道：「猜！猜！猜！一定有人知道什麼！總是有人知道些什麼！」

「嗯，」夏普說，「我們可以從妮可萊蒂太太的背景著手，可能會找到些線索。」

「她被做掉了，因為他們認為她會說出去。她會嗎？」

「她已經偷偷酗酒一段時間了……那表示她的精神已經到達崩潰邊緣。」夏普說，「她可能會崩潰，全盤招認而且供出同犯。」

「我想，她不是主謀吧？」

白羅搖搖頭。

「我認為不是，她已經被除掉了，你知道。她應該了解內幕，但我不認為她是幕後的主使者，不是。」

「那麼誰是幕後主使者，你知道嗎？」

「我可以猜測一下，但我可能會猜錯。是的，我可能猜錯！」

16

「哈可滴可咚，」奈傑爾唸著，「老鼠撞上鐘。警察說聲『碰』，不知誰會站庭中？」

他又加了一句：「該說還是不該說？真是個大哉問啊！」

他倒了杯咖啡，端著走回早餐桌旁。

「什麼該不該說？」雷恩・貝特森問。

「你知道的所有事情。」奈傑爾說道，大力揮一下手。

珍・湯林笙不以為然地說：「那是當然啦，如果我們知道什麼有助破案的事，當然應該告訴警方。」

「這是我們珍小姐的高見。」奈傑爾說道。

「Moi je n'aime pas les flics[16]。」荷內也發表意見。

「什麼該說不該說？」雷恩・貝特森又問一次。

「我們知道的事，」奈傑爾說，「也就是，我們彼此之間發生的所有事情。」他壞壞的目光梭巡著餐桌上的每個人。「畢竟，」他興高采烈地說，「我們確實都知道很多其他人的事，不是嗎？我是說，我們都住在同一棟宿舍。」

「但是，誰能斷定什麼事情重不重要呢？有很多東西根本不用告訴警察。」阿奇梅德．阿里回想到夏普警探批評他那些明信片，倍感委曲，激動不已。

「我聽說，」奈傑爾轉向艾基班博。「他們在你房間找到一些很有趣的東西。」

因為膚色的緣故，看不出艾基班博有沒有臉紅，但他窘迫地不停眨著眼。

「我們國家的人很迷信，」他說，「我祖父給我一些東西，叫我帶過來，我虔誠而崇敬地把它們保存起來。我自己本身具有現代和科學精神，並不相信巫術，可是因為我的英語不好，所以很難跟警察解釋清楚。」

「我想，即使是可愛的小珍也有自己的祕密。」奈傑爾說著，又把目光轉到湯林笙小姐身上。

珍激動地說她絕對不接受侮辱。

「我要離開這裡，搬到基督教女青年會去。」她說。

16　法語，意思是「我不喜歡警察」。

「別這樣嘛，珍，」奈傑爾說，「再給我們一次機會嘛。」

「哦，別鬧了，奈傑爾！」瓦萊麗厭煩地說，「我想，在這種情況下，警方也不得不加強搜證。」

科林・麥克納清了清嗓子，準備發表高見。

「我認為，」他力持公允地說，「我們應該先弄清楚目前的形勢。妮可萊蒂太太的真正死因到底是什麼？」

「我想驗屍審訊時會提到的。」瓦萊麗不耐煩地說。

「我可不相信，」科林說道，「我認為他們會將審訊延期。」

「我想是她的心臟有問題，不是嗎？」佩翠夏說，「她是倒在街上被發現的。」

「爛醉如泥。」雷恩・貝特森說，「所以她才會被送到警察局。」

「所以她真的有酗酒，」珍接著又加了幾句，「你們知道嗎，我也一直這麼覺得。我聽說警察搜查這裡的時候，在她房間的櫥櫃找到滿滿一櫃子的白蘭地空酒瓶。」

「是啊，我們珍小姐對這種墮落的事總是知道得一清二楚。」奈傑爾表示贊同。

「嗯，難怪有時候她的態度那麼奇怪。」佩翠夏說。

科林又清了清他的嗓子。

「嗯哼！」他說，「星期六晚上我在回家的路上湊巧看到她走進『女王的項鍊』酒吧。」

「我想那就是她喝到爛醉的地方。」奈傑爾說。

「所以她真的是死於酗酒過度？」珍說。

雷恩・貝特森搖搖頭。

「腦溢血？我不太相信。」

「老天，你不會認為她也是被謀殺的吧？」珍說。

「我打賭她就是被謀殺的，」莎莉・芬奇說，「我一點也不奇怪。」

「請說下去，」艾基班博說，「你是說有人殺了她？是這樣嗎？」

他輪番看著他們的臉。

「我們還沒有證據這麼說。」科林說。

「但是誰會想殺她呢？」珍妮芙問道，「她留下很多錢嗎？我想如果她很有錢的話，那是有可能的。」

「她是個令人抓狂的女人，朋友，」奈傑爾說，「我相信每個人都想殺死她，我就經常這麼想。」他說著高興地在麵包上抹起果醬來。

§

「莎莉，我可以問你一個問題嗎？自從早餐那番討論後，我想了很久。」

「艾基班博，如果我是你的話，就不去想那麼多，」莎莉說，「這樣很不健康。」

莎莉和艾基班博正在攝政王公園一起吃露天午餐，夏天來了，餐廳又開始營業。

「整個上午我都心神不寧。」艾基班博悲嘆道，「我根本沒辦法好好回答教授的問題，他很不高興，他說我都在抄書，沒有自己的意見。可是我來這裡就是要從書上吸收知識，而且我覺得書上說的都比自己寫的好，因為我還無法好好掌握英語。而且，今天早上我一直在想山胡桃路發生的事和各種問題，都沒辦法做別的事。」

「你這樣很正常啊，」莎莉說，「今天我也沒辦法集中精神。」

「所以請你告訴我一些事，因為我說過了，我一直在想這些事。」

「好吧，那說來聽聽你都想了些什麼？」

「嗯，是那個硼蘇粉。」

「硼蘇粉？噢，硼砂粉！對，怎麼了？」

「嗯，我不太了解，他們說它是一種酸？一種像硫酸一樣的酸？」

「不是啦，跟硫酸不一樣。」莎莉說道。

「不是只用在實驗室做實驗的嗎？」

「我想像不出他們會拿它來做實驗。它性質溫和，對人體無害。」

「你是說，你甚至可以把它放到你的眼睛裡？」

「對，通常大家就是這樣用的。」

「啊，那就對了。錢卓・萊爾有一個白色的小瓶子，裡面裝了白色粉末，他把粉末放進熱水中，用熱水洗眼睛。他把它放在浴室裡，有一天突然找不到了，他很生氣。那可能就是硼——砂粉，對吧？」

「你問這些硼砂粉的事幹嘛？」

「我以後再慢慢告訴你，但是現在請別再問了，我要再想想。」

「好吧，別把頭伸太長。」莎莉說，「我不希望你成為下一具屍體，艾基班博。」

§

「瓦萊麗，你可以給我一點建議嗎？」

「當然可以，珍，雖然我不明白為什麼大家老是要別人給建議，他們實際上又不會接受。」

「這是和良心有關的問題。」珍說。

「那你才不應該來問我，說起來，我這個人可沒什麼良心。」

「哦，瓦萊麗，別這麼說！」

「嗯，我說的是實話。」瓦萊麗邊說邊捺熄手中的香菸。「我從巴黎走私衣服回國，我對那些到沙龍去的討厭女人說一些可怕的謊言，我手頭緊的時候搭火車還會逃票。好吧，告訴我是什麼事？」

「是奈傑爾早餐時說的話。如果有人知道另外某個人的一些事，你覺得他應該說出來嗎？」

「什麼蠢問題啊！你不可以說得這麼模糊。你想說或不想說的到底是什麼事？」

「和一本護照有關。」

「一本護照？」瓦萊麗驚訝地站起身來。「誰的護照？」

「奈傑爾的，他有一本假護照。」

「奈傑爾？」瓦萊麗不太相信。「不可能吧。」

「可是他真的有。你知道嗎，瓦萊麗，我覺得其中大有問題。我好像聽警察說西莉亞提過和護照有關的事，也許被她發現了，所以他就殺了她。」

「聽起來真是戲劇化，」瓦萊麗說，「但是坦白說，我一點也不相信。這個護照到底是怎麼回事？」

「我看到了。」

「你怎麼看到的？」

「嗯，完全是巧合。」珍說，「一兩個星期以前，我在手提箱裡找東西，不知怎麼搞錯了，把奈傑爾的手提箱認成我的，我們的包包都放在休息室的架子上。」

瓦萊麗不屑一顧地笑了笑。

「誰相信啊！」她說，「你其實在做什麼？搜查？」

「不，當然不是！」珍憤憤不平地說，「我絕不可能去偷看別人的私人文件，我不是那種人。那時我正好心不在焉，所以打開那個包包，我正在翻尋的時候……」

「聽我說，珍，你說不通的。奈傑爾的手提箱比你的大多了，而且跟你的手提箱顏色完全不一樣。你在招認事情的時候，還是一併承認你就是那種人吧。你找到機會可以翻遍奈傑爾的東西，你就下手了。」

珍站了起來。

「好吧，瓦萊麗，如果你這麼不相信我、這麼偏心、這麼不近人情，那我就……」

「唉，回來，真是個小孩子！」瓦萊麗說道，「繼續說下去，我的興趣來了，我很想知道。」

「嗯，那本護照就在裡面，」珍說，「它放在最底層，上面有個名字，好像是史丹佛還是史坦利之類的。我想，真奇怪，奈傑爾竟然把別人的護照放在這裡。我打開護照，裡面的照片竟然是奈傑爾的！所以你難道看不出來，他一定有雙重身分？我想知道的是，我應不應該告訴警方？你認為我有這個責任嗎？」

瓦萊麗笑起來。

「你真倒楣，珍，」她說，「我相信答案實際上非常簡單，佩翠夏告訴過我這件事。據說只要奈傑爾改名，他就會得到一筆錢或者一些贈物，所以他就去立了契據什麼的，就是那麼回事。我想他的本名是史坦菲爾或史坦利吧。」

「哦！」珍看起來懊惱極了。

「如果你不相信我，可以去問佩翠夏。」瓦萊麗說。

「哦，不。嗯……如果真的是你說的這樣，那一定是我弄錯了。」

「祝你下次運氣好一點。」瓦萊麗說。

「我不懂你的意思，瓦萊麗。」

「你想陷害奈傑爾，不是嗎？你想讓警察誤會他？」

珍正色道：「這麼說你或許不相信，瓦萊麗，但我只不過是想盡我的責任而已。」

她離開房間。

「哦，去你的！」瓦萊麗說。

有人在敲門，接著莎莉進來了。

「怎麼了，瓦萊麗？你看起來有點沮喪。」

「都是那個噁心的珍，她實在太可惡了！你有沒有想過可能是珍謀殺了可憐的西莉亞？如果我看見珍站在被告席上，我會高興得發狂。」

「我有同感，」莎莉說，「可是我覺得不太可能，我覺得她膽子沒大到去殺人。」

「那你怎麼看妮可萊蒂太太的事？」

「我完全沒頭緒，我想我們不久就會聽說了。」

「十比一跟你賭她也是被做掉的。」瓦萊麗說。

「但是為什麼？這裡到底發生了什麼事？」莎莉說。
「我也希望我知道。莎莉，你曾經發現自己在盯著別人嗎？」
「什麼意思，瓦兒[17]，盯著別人？」
「嗯，邊看邊想：『是你嗎？』莎莉，我有一種感覺，這裡有個人已經瘋了，真的瘋了，瘋得很嚴重。我是說，不要以為他們是冷靜沉著的人。」
「很有可能。」莎莉邊說邊渾身發抖。「哎喲！」她說，「有人從我墳上走過。」

§

「奈傑爾，有些話我一定要跟你說。」
「哦，說什麼，佩翠夏？」奈傑爾正在狂亂地翻抽屜。「該死，我的筆記放到哪裡去了，完全想不起來，我以為我把它們塞在這裡。」
「唉喲，奈傑爾，別那樣亂翻！你把東西弄得亂七八糟，我才剛幫你整理過。」
「嗯，去他的，我得找到我的筆記才行啊。」

17 瓦萊麗的暱稱。

「奈傑爾，你一定要聽我說！」

「好吧，佩翠夏，別一副絕望的樣子。你要說什麼？」

「我要向你坦白一件事。」

「你沒殺人吧，我希望？」奈傑爾用他無禮的態度說道。

「不，當然不是。」

「好吧，那麼是哪種比較輕的罪過？」

「有一天，我把你的襪子補好了，送到你房間來，正要放到你抽屜時……」

「怎麼了？」

「我看到那瓶嗎啡，就是你跟我說過，你從醫院弄到的那瓶。」

「嗯，所以你又在庸人自擾了！」

「但是，奈傑爾，它就在抽屜裡和襪子放在一起，誰都看得到。」

「有誰看得到？除了你以外，沒有人會來翻我的襪子。」

「好吧，可是我覺得把它放在那裡實在太可怕了，我知道你說過你打賭贏了以後就會把它扔掉，可是那時候它就在那裡，還在那裡。」

「當然，那時我還沒弄到第三樣毒品。」

「嗯，我覺得這樣很不好，所以我把那個瓶子拿出來，把裡面的毒藥倒空，用一些普通的碳酸氫蘇打倒進去，它們看起來幾乎一模一樣。」

奈傑爾本來還在翻找筆記，這時他停下手。

「老天！」他說，「你真的那樣做了？你的意思是，當我對雷恩和老科林發誓說瓶子裡的東西是硫酸嗎啡或酒石酸鹽嗎啡時，裡面其實只不過是碳酸氫蘇打而已？」

「是的，你知道……」

奈傑爾皺著眉頭打斷她。

「我不知道這樣一來打賭還有沒有效。當然，我並不知道……」

「但是奈傑爾，把它放在那裡真的很危險。」

「天啊，佩翠夏，你一定要這麼大驚小怪嗎？你是怎麼處理那些東西的？」

「我把它們放進原來裝碳酸氫蘇打的瓶子裡，然後藏在我放手帕的抽屜後面。」

奈傑爾有點驚奇地看著她。

「真的，佩翠夏，你的邏輯思維真是不可思議，你為什麼要這麼做？」

「我覺得放在那裡比較安全。」

「親愛的小女孩，不然你就把嗎啡鎖起來，如果你不鎖，那放在我的襪子裡和放在你的手帕中又有什麼差別！」

「嗯，有差別啊。一來，我是一個人一個房間，而你是兩個人住一間。」

「怎麼了，你不會以為可憐的老雷恩會從我這兒偷走嗎啡吧？」

「我本來不打算告訴你的，可是現在我不得不說了……它不見了。」

「你是說警察把它搜走了？」

「不是，在那之前就不見了。」

「你是說……」奈傑爾驚恐地盯著她。「我們把這件事說清楚。有一個貼著『碳酸氫蘇打』標籤的瓶子，裡面裝著硫酸嗎啡，現在不知流落何處，而且隨時可能有人因為肚子痛而倒出來吃上滿滿一湯匙？天呀，佩翠夏！看你幹的好事！如果這些毒品讓你感到那麼不安，你為什麼不把它扔掉呢？」

「因為我覺得它還有用，應該把它還給醫院而不是扔掉。我想等你打賭贏了之後，就把它交給西莉亞，請她放回去。」

「你確定你沒有交給她？」

「不，當然沒有。你是說我把毒藥交給了她，她吃了下去，所以她是自殺，而整件事都是我的錯？」

「別這麼激動，它是什麼時候不見的？」

「確實時間我不知道。西莉亞死的前一天我找過，那時就沒找到，可是我以為我把它放到別的地方了。」

「是在她死前就丟了？」

「我想，」佩翠夏臉色蒼白地說，「我太愚蠢了。」

「這樣說還太客氣了，」奈傑爾說，「看看一個良心十足但頭腦糊塗的人能幹出什麼樣的事！」

「奈傑爾，你覺得我應該跟警方報告嗎？」

「哦，見鬼！」奈傑爾說道，「我想是的，應該去，而且這都是我的錯。」

「哦，不，奈傑爾，親愛的，是我的錯。我……」

「是我先偷拿了那該死的東西，」奈傑爾說，「那時我還覺得挺有趣的，可是現在，我已經可以聽到法官嚴厲的批評了。」

「我很抱歉，我拿走它的時候，真的……」

「你真的是出於一片善意。我知道！聽我說，佩翠夏，我還是不相信東西已經不見了，你可能是忘了把它放到哪裡了，你有時候就是會亂放東西。」

「沒錯，但是……」她猶豫了，皺緊眉頭的臉上出現一抹懷疑的陰影。

奈傑爾敏捷地站起來。

「我們一起到你房間，徹底檢查一下。」

§

「奈傑爾，那是我的內衣。」

「真是的，佩翠夏，到了這種地步你就別再跟我裝淑女了。瓶子可能就放在你的內褲下面，不是嗎？」

「是，但是我確定我……」

「還沒找遍所有地方以前，什麼都不能確定。我打算整個翻一遍。」

有人敷衍地敲了一下門，接著莎莉就走了進來。她吃驚地瞪大眼睛，佩翠夏手裡抓著一把奈傑爾的襪子坐在床上，而奈傑爾把抽屜全部拉了出來，像一隻激動的㹴犬一樣拚命扒出一堆套頭毛衣，四周到處都是散落的內褲、胸罩、襪子和其他女性用品。

「我的老天，」莎莉說，「你們在幹什麼？」

「在找碳酸氫鹽。」奈傑爾簡單地說。

「碳酸氫鹽？為什麼？」

「我這裡有點痛，」奈傑爾咧嘴笑了笑。「肚子有點痛，只有碳酸氫鹽才治得好。」

「我那邊好像有一點。」

「沒有用，莎莉，只有佩翠夏的才行，那是唯一能減輕我特殊病症的牌子。」

「你真是瘋了。」莎莉說，「他在幹什麼，佩翠夏？」

佩翠夏愁眉苦臉地搖搖頭。

「你有沒有看到我的碳酸氫鹽，莎莉？」佩翠夏說，「只剩瓶底一點點。」

「沒有。」莎莉好奇地看著她，接著皺起眉頭。「我想想看，有個人……不，我記不得了。你有郵票嗎，佩翠夏？我想寄一封信，可是我的郵票正好用完了。」

「在那邊的抽屜裡。」

莎莉抽出寫字檯的淺層抽屜，拿出一本郵票，撕下一張貼在她手裡的信封上。她把那本郵票放回抽屜，並放了兩便士半在桌上。

「謝謝，要我順便把你的信一起寄出去嗎？」

「好啊，不，不，我想我等一下再寄。」

莎莉點點頭，離開了房間。佩翠夏放下手裡拿著的襪子，緊張不安地絞著手指。

「奈傑爾？」

「什麼事？」奈傑爾已經把注意力轉向衣櫥，正在翻一件外套的口袋。

「我還得向你坦白一件事。」

「我的天，佩翠夏，你還做了什麼？」

「我怕你會生氣。」

「我已經氣過頭了，現在我只剩害怕。如果西莉亞是被我偷拿的那個東西毒死的，他們就算沒把我吊死，我可能也得坐好幾年大牢。」

「和那沒關係，跟你爸爸有關。」

「什麼？」奈傑爾轉過頭來，臉上帶著難以置信的驚愕表情。

「你知道他病得很重，不是嗎？」

「我才不管他病得重不重。」

「昨天晚上收音機裡說，著名的化學家亞瑟．史坦利先生臥病在床，病情危急。」

「這就是當大人物的好處，你一生病，全世界都會知道。」

「奈傑爾，如果他快死了，你應該和他和解。」

「和解個屁！」

「但是他快死了。」

「他快死了和身體健康的時候一樣都是豬玀！」

「你不可以這樣，奈傑爾，不可以這麼痛恨、絕不寬恕。」

「聽著，佩翠夏！我告訴過你：他殺了我媽。」

「我知道你說過，我也知道你很愛她。但是我確實認為，奈傑爾，有時候你太誇大其詞了。很多丈夫確實很無情，他們的太太心中滿懷怨恨，以致他們的生活不愉快。可是說你爸殺了你媽就有點誇張了，那不是真的。」

「你就知道得這麼清楚？」

「我知道總有一天，你會後悔在你父親生前沒有和他重歸於好。這就是為什麼，」佩翠夏停了一下，鼓起勇氣說，「這就是為什麼我……我寫信給你父親，告訴他……」

「你寫信給他？就是莎莉剛剛要拿去寄的那封信嗎？」他快步走到寫字桌旁。「原來如此。」

他拿起放在桌上那封已經寫好地址、貼好郵票的信，緊張飛快地把它撕成碎片，扔進垃圾桶裡。

「就是這樣！看你還敢不敢再做這種事！」

「真是的，奈傑爾，你太孩子氣了。你可以把信撕掉，但是你不能禁止我再寫一封，我會再寫的。」

「你真是無可救藥的濫情，難道你從來沒想過，當我說我爸殺了我媽時，我說的是不可抹殺的事實嗎？我媽死於服用藥物過量，他們在調查後說她吃錯藥。但是她根本沒有吃錯藥，是我爸給她的、故意的。他想和別的女人結婚，可是我媽不肯離婚。這是一件常見的卑鄙謀殺案，如果你是我，你會怎麼做？向警方告發他？我媽不會希望那樣……所以我唯一可以做的，就是告訴那頭豬玀我都知道，而且永遠斷絕關係，我甚至改了我的姓。」

「奈傑爾，我很抱歉……我從來沒想到……」

「好吧，你現在知道了。著名且備受尊敬的亞瑟．史坦利，他的研究還有抗生素，永遠像海灣綠樹一樣枝繁葉茂！但是他喜歡的那個女人最後還是沒嫁他，她逃掉了。我想她猜到他做了什麼……」

「奈傑爾，親愛的，太可怕了！我很抱歉……」

「好了，我們別再談這件事了。回到這該死的碳酸氫鹽事件吧，現在仔細回想一下，你到底把它放到哪裡了？托著你的頭認真地想一想，佩翠夏。」

§

珍妮芙激動地走進公共休息室，她用低沉、顫抖的聲音對聚在那兒的學生說：「現在我確定，而且完全確定是誰殺死小西莉亞了。」

「是誰，珍妮芙？」荷內問道，「你怎麼會這麼肯定？」

珍妮芙小心地東張西望，確定休息室的門已關上了，她壓低聲音說：「是奈傑爾．查普曼。」

「奈傑爾．查普曼？為什麼？」

「聽著，剛剛我正沿著走廊要下樓，聽到佩翠夏的房間裡有聲音，是奈傑爾在說話。」

「奈傑爾？在佩翠夏的房間？」珍不以為然地說。

但是珍妮芙不理她，繼續說：「他正在告訴她，他爸殺了他媽，而且因為這個，他還改了自己的名字。所以一切都很清楚，不是嗎？他爸爸是殺人凶手，奈傑爾有犯罪的遺傳因子……」

「這是可能的，」錢卓．萊爾邊說邊愉快地思考著這種可能性。「這非常有可能。奈傑爾性格那麼暴烈、不平衡，無法自我控制。你們同意嗎？」

他紆尊降貴地轉向艾基班博，艾基班博滿面笑容，露出一口潔白的牙齒，熱情洋溢地點著那顆長滿黑色鬈曲厚髮的腦袋。

「我一直有強烈的感覺，」珍說，「就是奈傑爾很沒有道德感，他是個徹頭徹尾的腐化墮落分子。」

「是性謀殺，一定的，」艾奇梅德．阿里說，「他和那個女孩上床了，然後殺了她。因為她是個可愛的女孩，品行端正，她希望結婚……」

「胡扯。」雷恩．貝特森暴躁地說。

「你說什麼？」

「我說胡扯！」雷恩咆哮道。

／17

奈傑爾坐在警察局的一間屋子裡，緊張不安地注視著夏普警探那雙嚴厲的眼睛，他剛結結巴巴地把話說完。

「你知道嗎，查普曼先生，你剛剛告訴我們的是一件很嚴重的事，真的非常嚴重。」

「我當然知道，要不是我覺得情況緊急，也不會跑來告訴你這些事。」

「你說蓮恩小姐不記得她最後一次是何時看到那個裝著嗎啡的碳酸氫鹽瓶子？」

「她已經一團亂了，她愈是努力想就愈記不清楚。她說我讓她變得很緊張，我來找你的時候，她還在努力回想。」

「我們最好立刻回去山胡桃路。」

警探說話的時候，桌上的電話響了，正在為奈傑爾做筆錄的員警伸手拿起話筒。

「是蓮恩小姐，」他邊聽邊說，「找查普曼先生。」

奈傑爾傾身向前，越過桌子從他手中接過話筒。

「佩翠夏？我是奈傑爾。」

女孩急切的聲音從話筒中傳來，上氣不接下氣，有點語無倫次。

「奈傑爾，我知道了！我是說，我想我知道是誰拿的了。你知道，可以從我放手帕的抽屜裡把它拿走，我是說，你知道，只有一個人……」

話語中斷了。

「佩翠夏，喂，你還在嗎？是誰拿的？」

「我現在不能告訴你，等一下。你馬上回來嗎？」

話筒離警探和警佐很近，他們也清楚聽到了。奈傑爾以詢問的眼光看著警探，警探點點頭。

「跟她說『馬上』。」他說。

「我們馬上就到，」奈傑爾說，「我們立刻出發。」

「哦！太好了，我在房間等你們。」

「回頭見，佩翠夏。」

去山胡桃路的路程不長，路上幾乎沒人開口。夏普揣想著這次是不是終於能破案。佩翠夏·蓮恩能夠提供確切的證據嗎？或者只是她個人的猜測？她顯然記起了她覺得很重要的事。他猜她是在休息室打電話的，所以她說話時不得不非常小心。晚上這個時候，來來往往的人很多。

奈傑爾用他的鑰匙打開山胡桃路二十六號的前門，他們經過休息室時，夏普看到長著一頭蓬亂紅髮的雷恩．貝特森正埋頭看書。

奈傑爾領他們上樓，沿著走廊來到佩翠夏的房間前。他輕敲了一下門就走了進去。

「嗨，佩翠夏。我們來了……」

他的聲音愈來愈小，最後完全消失，發出了長長窒息般的喘息聲。他僵直地站在那裡，夏普警探從他肩頭望過去，也看到了前方的景象。

佩翠夏．蓮恩倒在地上。

警探輕輕地把奈傑爾推到一邊，走上前去，跪在女孩蜷縮成一團的身體旁。他扶起她的頭，摸一下她的脈搏，然後小心地把她放回原處。他站起身來，表情嚴肅僵硬。

「不行了？」奈傑爾的聲音高亢而不自然。「不，不，不！」

「是的，查普曼先生，她死了。」

「不，不，佩翠夏不會的！親愛的傻佩翠夏，怎麼會……」

「用這個。」

那是一件臨時湊成的簡單武器，一塊套在羊毛襪裡的大理石紙鎮。

「擊在後腦，很有威力的武器。如果這麼說你可以覺得寬慰一點的話，查普曼先生，我想她甚至還沒意識到就死去了。」

奈傑爾渾身顫抖地坐在床上。

「這是我的襪子……她正在補它……哦，天啊，她正在補它……」

突然他放聲大哭，像個孩子般地哭起來，盡情地、毫無顧忌地放聲大哭。

夏普繼續推測。

「凶手是她很熟悉的人，那個人拿起襪子，把紙鎮塞進去。你認得這塊紙鎮嗎，查普曼先生？」

他捲起襪子，露出紙鎮。

奈傑爾仍在哭泣，他看了看它。

「佩翠夏一直把它放在桌上，這隻紫苜蓿獅子。」

他兩手掩著臉。

「佩翠夏，哦，佩翠夏！沒有你我該怎麼辦？」

突然他坐直身子，將紛亂的頭髮往後一甩。

「我要殺了那個凶手！我要殺了他！謀殺別人的豬玀！」

「安靜點，查普曼先生。是的，我了解你的感受，這是一種殘忍而野蠻的行為。」

「佩翠夏從來沒有傷害過別人……」

夏普警探柔聲安撫著將他帶離房間，接著他回到臥室，俯身到那個死去的女孩身邊，小心翼翼地從她手指間抽出一件東西。

§

傑羅尼莫的額頭上汗水直流，驚嚇的黑眼睛一會兒看看這個、一會兒看看那個。

「我什麼也沒看到，什麼也沒聽到。真的，我什麼都不知道，我和瑪麗亞一直在廚房，我在盛通心粉蔬菜濃湯，磨碎乾酪……」

夏普打斷他。

「沒人指控你，我們只是想把一些時間弄清楚。前一個小時裡有誰出入過？」

「我不知道，我怎麼會知道？」

「但是你可以從廚房的窗戶清楚看到有誰進出，不是嗎？」

「也許是吧。」

「那就告訴我們。」

「那些學生在這個時候都會一直進進出出。」

「從六點到我們抵達的六點半之間，誰在屋子裡？」

「除了奈傑爾、哈伯德太太和霍浩斯小姐之外，其他人都在。」

「他們是什麼時候出去的？」

「哈伯德太太在下午茶以前就出去了，到現在還沒回來。」

「接著說。」

「奈傑爾大概是半小時以前出去的，六點以前……看起來很焦慮不安。他剛才是和你們一起回來的。」

「對，沒錯。」

「瓦萊麗小姐是在六點整出門的，鐘正好敲了六下。她穿著一身參加酒會的打扮，非常時髦。她還沒回來。」

「剩下的其他人都在？」

「是的，先生，他們都在。」

夏普低頭看筆記本，上面記錄著佩翠夏打電話到警察局的時間，六點零八分。

「其他人都在這裡，在宿舍裡？有沒有人是在這段時間內回來的？」

「只有莎莉，她去寄信回來。」

「你知道她是什麼時候回來的嗎？」

傑羅尼莫皺起眉頭。

「她回來的時候，正在播新聞。」

「那麼是在六點以後了？」

「是的，先生。」

「那時候在播什麼新聞？」

「我記不起來，先生，不過一定是在體育新聞之前，體育新聞一開始，我們就關了收音機。」

夏普嚴肅地笑了笑，範圍很廣。只有奈傑爾．查普曼、瓦萊麗．霍浩斯和哈伯德太太可以排除在外。這意味著未來一段長時間且令人筋疲力盡的訊問。誰在休息室裡、誰離開了？什麼時候？誰能證明？除了這些問題以外，很多學生，尤其是亞洲和非洲學生，他們的時間觀念很模糊，整個調查工作實在是件苦差事。

但還是不得不做。

§

哈伯德太太房裡的氣氛不太愉快。哈伯德太太還穿著外出服坐在沙發上，和藹的圓臉上緊張又焦慮。夏普警探和科布警佐坐在一張小桌旁。

「我想她是到這裡打電話的，」夏普說，「六點零八分左右，有幾個人進出過休息室，可是沒人看到、聽到或注意到有人使用大廳裡的電話……他們是這麼說的。當然，他們說的時間並不可靠，其中有一半的學生好像從來不看時鐘。但我想不管怎麼樣，如果她想打電話到警察局，應該會到這裡來打。你出門了，哈伯德太太，但我想你沒有鎖門吧？」

哈伯德太太搖搖頭。

「妮可萊蒂太太都會鎖門，可是我從來不鎖。」

「好，那麼佩翠夏到這裡來打電話，急著要把想起來的事講出來。然後，她正在講話的時候，門開了，有人探頭進來或者走了進來。佩翠夏．蓮恩草草掛斷電話，是因為她認出進來的正是她要說的那個人嗎？或者只是為了小心一點？都有可能，但是我比較相信第一種假設。」

哈伯德太太重重地點點頭。

「有人跟著她到這裡，也許在門外偷聽，然後進來打斷佩翠夏繼續說下去。」

「接著，」夏普的臉沉了下來。「那個人和佩翠夏一起回到她房間，像平常一樣輕鬆地聊天。佩翠夏指責她把碳酸氫鹽拿走了，也許那個人花言巧語地解釋了一番。」

哈伯德太太敏銳地問：「你為什麼說『她』？」

「很有趣，這些代名詞！我們發現屍體時，奈傑爾．查普曼說：『我要殺了那個人，我要殺了他。』『他』，你注意到沒有，顯然奈傑爾相信凶手是個男的，或者因為他把暴力和男人連在一起。但也有可能是他在懷疑某個男人，某個特定的男人。如果是這樣，我們必須找出他這樣想的原因。但是就我自己而言，我比較相信凶手是女人。」

「為什麼？」

「這正是我要說的。有人跟著佩翠夏走進她房間，和那人待在一起，她覺得很自然，這就說明了那個人是個女生。除非有特殊原因，男生是不會到女生宿舍來，沒錯吧，哈伯德太太？」

「是的。他們不會嚴格遵守，但大致來說是這樣。」

「除了一樓以外，房子那邊跟這邊是不相通的。假設有人偷聽了先前奈傑爾和佩翠夏之間的對話，那麼偷聽的人一定是女生。」

「是的，我懂你的意思。有些女生好像大半時間都貼在鑰匙孔上偷聽別人講話。」她紅著臉帶著歉意繼續說，「這樣說是太苛了點。實際上，儘管這些房子蓋得很堅固，但它們被隔成一間一間的，用來隔間的材料都像紙一樣薄，你不聽，聲音也會傳過來。我必須承認，珍就經常到處偷聽別人講話，她就是那種人。當然，當珍妮芙聽到奈傑爾告訴佩翠夏說他父親殺死他母親時，她也停了下來拚命偷聽。」

警探點點頭，他已經聽了莎莉．芬奇、珍．湯林笙和珍妮芙的證詞。他說：「佩翠夏兩旁是誰的房間？」

「珍妮芙住在旁邊，但那堵牆是建造時就有的。伊麗莎白．強斯頓住在另一邊，靠近樓梯，那只是一堵隔間牆。」

「這樣範圍就縮小了一點。」警探說。

「那個法國女孩聽到他們談話的尾巴。更早以前，莎莉．芬奇出去寄信以前，曾經去過佩翠夏的房間。這兩個女孩曾經去過那裡的事實，自動排除了還有別人在那裡偷聽的可能性，即使有，時間也非常短。但是這些都沒把伊麗莎白．強斯頓算在內，如果她一直待在自己房間的話，就可以透過隔間牆聽到所有的對話。但是顯然地，當莎莉．芬奇出去寄信時，她已經在休息室了。」

「她沒有一直待在休息室吧？」

「沒有，她曾經上樓拿她忘記帶下樓的書。就像往常一樣，沒有人看到她是什麼時候上樓的。」

「她們每個人都有嫌疑。」哈伯德太太無可奈何地說。

「從她們的證詞看來，是這樣沒錯，但是我們還有一點其他證據。」

他從口袋裡掏出一個摺疊的小紙袋。

「那是什麼？」哈伯德太太問道。

夏普微笑著。

「幾根頭髮，我從佩翠夏．蓮恩的手裡拿出來的。」

「你是說……」

有人敲門。

「進來。」警探說。

門開了，是艾基班博，他的黑臉上滿溢笑容。

「我有話要說。」

夏普警探不耐煩地說：「好的，呃……先生，有什麼事？」

「我想，我要說幾句話，是對這些淒慘悲劇十分重要的話。」

18

「好吧，艾基班博先生，」夏普警探說，「我們來聽聽，是怎麼回事。」

有人給艾基班博一把椅子，他面對大家坐了下來，所有人都全神貫注地凝視著他。

「謝謝。可以開始了嗎？」

「是的，請吧。」

「嗯，是這樣的，你知道，有時我的胃裡有不舒服的感覺。」

「哦。」

「胃有毛病，莎莉小姐是這樣說的。不過我實際上並沒有病，也就是說，我沒有嘔吐的症狀。」

當他詳細描述這些醫學細節的時候，夏普警探強力抑制著自己。

「是的，是的，」他說，「我相信你很難過。但是你要告訴我們的是……」

「也許是我不習慣這裡的食物，我覺得這裡很脹。」他精確地指了指地方。「我自己認為是肉吃得不夠，而吃太多你們所說的糖水化合物。」

「碳水化合物。」夏普警探木然地更正。「但是我不知道……」

「有時我服用小藥丸，蘇打片；有時吃胃粉。吃什麼都沒多大關係，反正吃下去就打嗝，還有很多氣上來，就像這樣——」艾基班博結實地打了個大嗝。「打過以後，」他像天使般高興地笑了。「我就覺得好多了，好多了。」

警探的臉脹得紫紅，哈伯德太太威嚴地說道：「我們都懂了，現在往下說。」

「好的，當然。嗯，就如我所說，這件事發生在上禮拜一開始，是哪一天我記不得了。非常好的義大利通心粉，我吃了很多，吃完後覺得很難受。我努力想去做教授指定的工作，可是這裡太脹了，腦筋轉不動（艾基班博又指了指那個地方）。

「晚餐以後在休息室裡，只有伊麗莎白在那兒，我問她：『你有碳酸氫鹽或胃粉嗎？我的吃完了。』她說：『沒有。但是，我把佩翠夏的手帕還回去的時候，看見她抽屜裡有一些，我去拿來給你，佩翠夏不會介意的。』後來她上樓去，拿著一瓶碳酸氫鹽下來。瓶子快空了，只有底下還有一點。我跟她道謝後，拿著瓶子到浴室，把裡面的藥都倒出來，大概有一湯匙，我加水攪了攪就喝下去了。」

「一湯匙？一湯匙！我的天！」

夏普警探瞪著他嚇呆了，科布警佐俯身向前一臉震驚，哈伯德太太無法置信地說：「簡直就像是拉斯普廷[18]！」

「你吃了一湯匙嗎啡！」

「當然，我以為那是碳酸氫鹽。」

「是的，是的，但我不懂你現在為什麼還坐在這兒！」

「吃下去以後，我生病了，這一次是真正的病了，不只是肚子脹而已，我的胃很痛。」

「我是不懂你為什麼沒死！」

「拉斯普廷，」哈伯德太太說道，「他們一直給他吃毒藥，藥量很大，可是也沒有毒死他！」

艾基班博繼續說著：「後來第二天，我好一點以後，我拿那個瓶子和剩下的一點藥去找藥劑師，請他告訴我裡面是什麼東西，怎麼讓我那麼難過。」

「後來呢？」

「他叫我等一會兒再去，我再去的時候，他說：『怪不得啊！那不是碳酸氫鹽，是硼砂粉，硼酸。你可以把它放到眼睛裡，但如果你吃下一湯匙的話，就會生病。』」

「硼砂粉？」警探茫然地盯著他。「但硼砂粉怎麼會跑到那個瓶子裡？那嗎啡到哪裡去了？」他咕噥了一下。「真是一團亂！」

「請繼續聽我說。我一直在想——」艾基班博繼續說道。

「你一直在想，」夏普說，「你一直在想什麼？」

「我一直在想西莉亞小姐，還有她是怎麼死的，那個人在她死後一定進過她房間，把那個裝嗎啡的空瓶子和那一小片說她是自殺的紙留在那裡。」

艾基班博停住了，警探點點頭。

「所以我想，誰做得到呢？如果是女生就很容易，但如果是男生就不是那麼容易，因為他必須先從我們住的那邊下樓，再從另一邊上樓，有人可能會被吵醒，聽到他的聲音或者看到他。但我又想，那如果是住在我們這棟樓的人，而且住在西莉亞小姐的隔壁……只有她的房間是靠這邊的，你懂嗎？他的窗戶外面是陽台，她的窗外也是陽台。她睡覺時都開著窗子，因為這樣比較衛生，所以如果他身材健碩，就跳得過去。」

「那棟樓緊鄰著西莉亞房間的是，」哈伯德太太說道，「讓我想一想，是奈傑爾和……和……」

「雷恩．貝特森，」警探摸著手中那張摺疊的紙。「雷恩．貝特森。」

「他人很好，是的，」艾基班博傷心地說，「而且對我非常好，但是從心理學來說，沒有人知道一個人外表下隱藏的是什麼。事情就是這樣，不是嗎？這是現代理論。當錢卓．

18 拉斯普廷（Rasputin），俄國西伯利亞農民醫生，因治好王子的病，成為沙皇尼古拉二世和皇后亞歷山卓拉的寵臣，後被保皇派謀殺。

萊爾先生治眼睛用的硼砂粉丟了的時候，他很生氣，後來我問他，他說他知道是雷恩．貝特森拿走的。」

「奈傑爾抽屜裡的嗎啡被換成了碳酸氫鹽，佩翠夏．蓮恩又用小蘇打換走她以為的嗎啡，而裡面其實是硼砂粉……是的，我明白了。」

「我的話對你有所幫助，是嗎？」艾基班博彬彬有禮地問。

「是的，確實如此，由衷地向你致謝。呃……不要跟別人說。」

「不會的，先生，我會非常小心。」

艾基班博恭敬地向大家鞠躬，離開了房間。

「雷恩．貝特森，」哈伯德太太聲音淒楚地說，「哦，不！」

夏普看著她。

「你不希望是雷恩．貝特森？」

「我很喜歡這個孩子。他有點愛發脾氣，我知道，但他一直看起來很乖。」

「很多罪犯都是這樣。」夏普說。

他小心地打開手中的小紙袋，哈伯德太太依照他的手勢，探前去看。

白紙上是兩根鬈曲的紅色短髮……

「哦，天啊！」哈伯德太太叫道。

「是的，」夏普沉思著說，「按照我的經驗，凶手至少會犯一次錯誤。」

19

「真漂亮，我的朋友，」赫丘勒・白羅以讚美的口吻說道，「這麼清楚，漂亮而一清二楚。」

「聽起來你就像是在談論一道湯。」警探抱怨道，「對你來說可能是清燉肉湯，但對我來說，其中還有很多是小牛頭濃湯（英文裡有「假想未經證實」之意）。」

「現在沒有了，每件事都十分吻合。」

「即使是這個？」

夏普警探向白羅展示兩根紅頭髮，就像他展示給哈伯德太太看時一樣。

而白羅的回答幾乎和夏普說過的話一模一樣。

「啊，是的，」他說，「收音機裡怎麼說它的？一次慎重的錯誤。」

兩個人的視線相遇。

「沒有人，」赫丘勒．白羅說，「是像他們自以為的那麼聰明。」

夏普警探忍不住想說：「甚至是赫丘勒．白羅？」但他強忍住了。

「至於另一件事，我的朋友，都安排好了？」

「是的，氣球明天會放出去。」

「你親自去？」

「不，我要去山胡桃路二十六號，科布負責那件事。」

「祝他好運。」赫丘勒．白羅鄭重地舉起酒杯，酒杯裡裝著又甜又濃的薄荷酒。

夏普警探舉起他的威士忌酒杯。

「祝福他。」他說。

§

「他們真是什麼都想得出來，這些地方。」科布警佐說。

他既羨慕又嫉妒地看著莎賓娜美人的櫥窗，昂貴的玻璃工藝品做成碧綠如波的透明玻璃罩，裡面橫臥著莎賓娜，她穿著短小精美的內褲，神情歡娛，四周環繞著各式各樣包裝精美的化妝品。除了內褲之外，她身上還戴著各種粗俗的人造珠寶。

麥克雷警佐嗤之以鼻。

「這家莎賓娜美人真是褻瀆神靈。那是約翰．米爾頓[19]的作品啊。」

「好了，米爾頓又不是《聖經》，老弟。」

「你不能否認《失樂園》寫的是亞當、夏娃、伊甸園和地獄中的魔鬼，如果這不是宗教，什麼是？」

科布警佐沒有加入討論這種爭議話題。他大步走進店內，那位執拗的警佐緊跟在他身後。警佐和他同僚置身於莎賓娜粉紅色的廳內，看起來就像兩個笨手笨腳的人站在瓷器店內一樣不搭調。

一個穿著橙紅色精美服裝、精心打扮的女人向他們飄走過來，兩條腿好像沒踏到地。

科布警佐說：「早安，夫人。」接著亮出證件，那個美麗的女人緊張不安地退了回去。另一個同樣美麗但年紀稍大的人出現了，她也往後一退，最後出現的是一位衣飾華美、令人目眩的公爵夫人，她藍灰色的頭髮和光滑的雙頰使人忘了她的年齡和臉上的皺紋。她明亮、堅定的灰色眼睛上下打量著科布警佐，科布也直視著她。

「此事非比尋常，」公爵夫人態度嚴厲地說，「請這邊走。」

她帶領他們穿過一間方形大廳，大廳中央的桌上雜亂堆著雜誌和期刊，四周是一間間掛

19 約翰．米爾頓（John Milton, 1608-1674），英國詩人，因史詩《失樂園》（Paradise Lost）而聞名。

有幕簾的凹室，躺臥著的女子正由穿著粉紅色袍服的服務生用手進行美容服務。

公爵夫人帶領兩名警察走進一間辦公室般的小房間，房裡有一張附有滑動式頂蓋的寫字檯，以及幾把簡樸的椅子和刺目不柔和的白光。

「我是盧卡斯太太，這裡的負責人。」她說，「我的合夥人霍浩斯小姐今天不在。」

「是的，夫人。」對科布警佐來說，這並不是新聞。

「兩位的搜索狀看起來不容抵抗，」盧卡斯太太說，「這是霍浩斯小姐的私人辦公室，我真誠地希望兩位不會，呃……給我的顧客造成任何不安。」

「這點我想你不必過於擔心。」科布說，「我們要找的東西不大可能在公共空間裡。」

他禮貌地等待著，直到她不情願地退了出去。接著他打量瓦萊麗·霍浩斯的辦公室。透過狹窄的窗戶，可以看到梅費爾區其他商店的背面。牆上鑲著淡灰色瓷磚，地上鋪著兩塊質地精緻的波斯地毯。他的目光從牆上的小保險箱移向那張大寫字檯。

「不會在保險箱裡，」科布說，「太明顯了。」

十五分鐘後，保險箱和寫字檯抽屜裡的東西一覽無遺。

「看起來白忙一場。」生性陰鬱消極的麥克雷說。

「我們才剛開始。」科布說。

他把抽屜裡的東西倒空，一堆堆整齊放好，接著抽出抽屜，把底部翻過來。

他歡快地發出一聲呼喊：「在這兒呢，老弟。」

有半打深藍色燙金字的小本子，用膠帶固定在最下面一層抽屜的背面。

「護照。」科布警佐說：「由外交大臣簽發，上帝保佑他那顆信賴別人的心。」

科布打開護照，比較貼在上面的相片時，麥卡雷好奇地彎下身子。

「想不到都是同一個女人，對吧？」麥克雷說。

護照分別屬於達．席爾瓦太太、艾琳．法蘭奇小姐、奧爾嘉．孔恩太太、尼娜．萊．麥修小姐、格萊迪．湯瑪斯太太、莫瑞亞．歐尼爾小姐，她們都是黑髮的年輕女性，年齡在二十五到四十歲之間。

「每張照片的髮型都不一樣，」科布說，「束髮、鬈髮、直髮、短髮等等。在這張奧爾嘉．孔恩的照片上她把鼻子墊高了，這張湯瑪斯太太的照片上則雙頰外凸。這裡還有兩本外國護照，馬穆迪夫人，阿爾及利亞人；希拉．唐納文，愛爾蘭人。我敢說她在這些名字之下都有銀行存款。」

「有點複雜，對不對？」

「不得不複雜點，老弟。稅務署的人總是到處打探，問一些令人尷尬的問題。利用走私賺錢並不難，但是錢到手後怎麼報帳就有點痛苦了！打賭那個女的一定是為了這個原因才在梅費爾開設小型賭場。賭博贏到的錢可以說是稅務稽查員唯一沒辦法檢查或核對的收入。我想，一定有些贓款藏在阿爾及利亞、法國和愛爾蘭的銀行裡，整件事情都經過有條不紊的計畫。然後有一天，她一定是把假護照放在山胡桃路，被那個可憐的小西莉亞看到了。」

／20

「霍浩斯小姐的主意真夠高明。」夏普警探的聲音中充滿慈父般的縱容意味。

他像在洗牌一樣，護照在兩手間換來換去。

「財務管理可真是複雜的事情，」他說，「我們一家一家銀行進行追查，忙了好一陣子。她隱藏得很好，我是說她的財務。我敢說在幾年內，她就會洗手不幹，出國去，照他們說的，靠著這些不義之財，從此過著幸福的生活。這不是一項大生意，只是偷渡非法的鑽石、藍寶石等等，再把偷來的贓物帶出去，也兼帶古柯鹼。規畫得完美無缺，她用本名或化名出國，但是不會太頻繁，實際的走私活動總是由毫不知情的其他人承擔。她在國外有代理人，負責在適當的時候調換帆布背包，沒錯，真是高明的辦法。我們要感謝在座的白羅先生協助我們破案。她也非常聰明，建議可憐的小奧斯汀小姐表演心理學上的偷竊狂行為。你立刻就識破她了嗎，白羅先生？」

白羅不以為然地笑了，哈伯德太太欽佩地看著他。這些對話在哈伯德太太的客廳裡進行，非正式、不列入記錄。

「貪婪導致她的失敗。」白羅說，「她被佩翠夏．蓮恩戒指上那塊珍貴的鑽石誘惑了。她這樣做很愚蠢，因為這立刻顯示她經常和寶石打交道。把鑽石撬下來，換上鋯石，是的，這當然馬上使我聯想到瓦萊麗．霍浩斯。儘管她確實很聰明，當我指責她鼓動西莉亞時，她立刻承認了，解釋說她完全是出於同情。」

「但實際上是謀殺！」哈伯德太太說，「冷血的謀殺，我到現在還不太相信。」

夏普警探看起來很陰鬱。

「我們還不能指控她謀殺了西莉亞．奧斯汀。」他說，「當然，我們可以指控她走私，這毫無困難。但是提出謀殺指控就困難多了，檢察官會以證據不足駁回。有動機，當然，還有機會。她可能知道那次打賭，也知道奈傑爾放嗎啡的地方，但是沒有確切的證據，而且還要考慮另外兩個死亡事件。她可能下毒謀害了妮可萊蒂太太，但她完全不可能殺死佩翠夏．蓮恩。實際上她幾乎是唯一完全清白的人，傑羅尼莫很確定地說她是在六點離開宿舍的。他堅持這一點，不知道她是不是賄賂了他。」

「不，」白羅搖著頭說，「她沒有賄賂他。」

「路口的藥劑師也提供了證詞。他跟她很熟，堅持說她是在六點零五分到他那邊，買了撲面用粉、阿斯匹靈，還用了電話。她是在六點十五分離開商店，搭上外邊排隊等候的計程車走了。」

白羅在椅子上坐直了身子。

「但是這個，」他說，「太好了！這正是我們在尋找的！」

「你是什麼意思？」

「我是說她確實從藥房打了電話這件事。」

夏普警探惱怒地看著他。

「嗯，聽我說，白羅先生，讓我們來核對一下事實。六點零八分時，佩翠夏．蓮恩還活著從這個房間打電話到警察局，這點你同意嗎？」

「我不認為她是在這個房間打電話的。」

「那麼好吧，是在樓下的大廳打的。」

「也不是在大廳。」

夏普警探嘆了口氣。

「我想你不否認有人打電話到警察局吧？你總不會認為我、科布警佐、尼爾警佐和奈傑爾．查普曼都產生幻覺了吧？」

「當然不是。有人打電話給你們，據我推測，那個電話是從路口藥劑師的公用電話間打去的。」

夏普警探驚訝得張大了嘴。

「你是說那通電話是瓦萊麗・霍浩斯打的？她假裝成是佩翠夏・蓮恩在說話，而佩翠夏・蓮恩其實已經死了？」

「是的，我就是這個意思。」

警探沉默了一會兒，然後他在桌上重重敲了一下。

「我不相信。那個聲音，我親耳聽到了。」

「你聽到了，沒錯。那是一個女孩的聲音，上氣不接下氣，很焦急。但是你對佩翠夏・蓮恩的聲音並沒有熟到能夠確定那就是她的聲音。」

「我也許不熟，但奈傑爾・查普曼也跟她說了電話。你不會跟我說奈傑爾・查普曼也被騙了吧？在電話裡掩飾聲音或假裝別人的聲音並不是那麼容易，如果那不是佩翠夏的聲音，奈傑爾・查普曼會知道的。」

「是的，」白羅說，「奈傑爾・查普曼會知道，奈傑爾・查普曼很清楚知道那不是佩翠夏。既然不久之前就是他敲了她的後腦勺送了她的命，那還會有誰比他更清楚呢？」

警探半晌說不出話來。

「奈傑爾・查普曼？奈傑爾・查普曼？但是當我們發現她死了時，他哭了，哭得像個孩子一樣。」

「我敢說，」白羅說，「那個女孩是他最喜歡的人，但是那也救不了她的命，如果她威脅到他的利益就不行。奈傑爾・查普曼一直是嫌疑最大的人。誰手裡有嗎啡？奈傑爾・

查普曼。誰有小聰明去制定計畫，還有膽量進行欺詐和謀殺？奈傑爾．查普曼。就我們所知，誰既殘忍又自負？奈傑爾．查普曼。他有殺人者所有的特性，充滿自負的虛榮心、邪惡、日益增長的狂傲，導致他想盡一切辦法把眾人的注意力集中到自己身上——用綠墨水，虛張聲勢到驚人的地步；最後還野心太大，故意把雷恩．貝特森的頭髮放在佩翠夏手裡，這個愚蠢的錯誤讓他栽了跟頭。他忽略了這個事實：既然佩翠夏是被人從背後擊倒的，她根本不可能抓下攻擊者的頭髮。他們都是這樣，這些殺人犯，被他們的自我主義和自恃聰明沖昏了頭，他們仰仗他們的魅力，因為他確實是有魅力，這個奈傑爾，他具有被寵壞、永遠長不大、永遠不想長大那種孩子般的魅力，他的眼裡只有一樣東西，就是他自己和他想要的東西！」

「但是為什麼，白羅先生？為什麼要謀殺？西莉亞．奧斯汀也許說得過去，但為什麼殺佩翠夏．蓮恩？」

「這個原因，」白羅說，「我們得找出來。」

21

「好久不見了，」老恩迪科特先生機敏地盯著白羅說道，「你來看我真是太好了。」

「不一定，」赫丘勒・白羅說，「我可是無事不登三寶殿。」

「好吧，你也知道，我欠你很大的人情，你幫我解決了亞伯內堤那件案子。」

「看到你在這裡真讓我吃驚，我以為你已經退休了。」

老律師嚴峻地笑了，他的公司歷史悠久，聲譽卓著。

「今天我特地來見一位老客戶，我現在還負責一兩個老朋友的事務。」

「亞瑟・史坦利爵士是你的老朋友和老客戶，是嗎？」

「沒錯。他還很年輕的時候，我們就負責他所有的法律事務了。他是個非常聰明的人，

白羅，頭腦非常特別。」

「我相信他的死訊已經在昨天的晚間新聞中公布了。」

「是的，週五舉行葬禮。他已經臥病一段時間了，據我所知是惡性疾病。」
「史坦利太太死於幾年前？」
「大概兩年半以前。」
他濃密眉毛下那敏銳的雙眼機警地看著白羅。
「她是怎麼死的？」
律師迅速回答：「服用安眠藥過量，我記得是吃美迪那。」
「進行過調查了嗎？」
「有，結論是她偶然誤服。」
「是真的嗎？」
恩迪科特沉默了一會。
「我不想侮慢你，」他說道，「無疑地你這樣問自有道理。據我所知，美迪那是一種相當危險的藥物，因為有效劑量和致死劑量之間的差距很小，如果病人昏昏欲睡，忘記她已經吃過藥了，又吃了一次，結果可能就因此致命。」
白羅點點頭。
「她是這種情況嗎？」
「推測如此，沒有自殺的跡象或傾向。」
「沒有其他可疑的跡象嗎？」

白羅敏銳地瞪視著他。

「她丈夫已作了證。」

「他怎麼說？」

「他明白表示，她確實有時會弄不清楚，吃了晚上分量的藥劑後差點又服用一劑。」

「他在撒謊嗎？」

「真是的，白羅，這問題多殘忍啊！你覺得我會知道這種事嗎？」

白羅笑了，這次恫嚇沒有騙過他。

「我的朋友，我覺得你清楚得很。不過現在我不會問你知道些什麼來為難你，相反的，我要問問你的看法，男人對男人的看法。亞瑟．史坦利是那種如果想和別的女人結婚就會除掉他妻子的男人嗎？」

恩迪科特像被黃蜂螫了似的跳了起來。

「荒謬，」他氣憤地說，「實在荒謬。根本沒有其他女人，史坦利深愛他的妻子。」

「是的，」白羅說，「我想也是。現在，我想談談我到此拜訪的目的了。你是起草亞瑟．史坦利遺囑的律師，或許也是遺囑的執行人。」

「沒錯。」

「亞瑟．史坦利有個兒子，在他母親死後，和他父親吵了一架之後就離家出走，甚至還改了他的姓。」

「這事我倒不知道，他現在叫什麼？」

「我們等一下會談到，在此之前我要先做一個推測，如果我對了，也許你會承認事實。我猜亞瑟·史坦利留給你一封密函，在特定條件下或者他死後才可以開啟的信。」

「確實如此，白羅。如果是在中世紀，你一定會被綁在火刑柱上燒死。你怎麼會知道這些事呢？」

「那麼我說對了？我想信中有條但書，它的內容若不是要你銷毀信函，就是要你採取某些行動。」

他停住了。

「天啊！」白羅驚慌地說，「你該不是已經銷毀……」

當恩迪科特慢慢搖著頭時，他放心地嚥下後面的話。

「我們從不倉卒行事。」他譴責地說道，「我得先充分調查，讓自己完全滿意……」他停住不言。「這件事，」他嚴峻地說，「是高度機密。即使對你也是，白羅。」他搖搖頭。

「那如果我有充分的理由讓你說出來呢？」

「那就看你的了。我不相信你怎麼可能知道這件事的一丁點內容。」

「我確實不知道，所以我不得不用猜的，如果我猜對了……」

「幾乎不可能。」恩迪科特揮了揮手。

白羅深吸了一口氣。

「很好。我猜你得到的指示是這樣的：在亞瑟爵士死後，你要找到他兒子奈傑爾，確認他在什麼地方生活以及生活方式，特別要弄清他現在或過去是否一直在從事犯罪活動等。」

這次，恩迪科特那法律人士不動聲色的鎮靜真的消失了，他發出一聲前所未聞的驚叫。

「既然看來你完全了解內情，」他說，「我可以對你知無不言。我想你在偵探過程中碰上奈傑爾這個年輕人了，那個小魔鬼一直在做什麼？」

「我想事情是這樣的。他離家後改了姓氏，告訴別人這是他繼承遺產的條件。接著他和一些走私毒品、珠寶的人混在一起。我想是因為他，那個走私集團才會採取那種方法，非常聰明，利用無辜的誠實學生來偷渡。整件事由兩個人負責，奈傑爾．查普曼，這是他現在的名字，和一個叫瓦萊麗．霍浩斯的年輕女人。我想，一開始就是她介紹他進走私集團。那是個小型的私人集團，以賺取佣金為主，利潤高得驚人。貨品必須體積很小，價值數千英鎊的珠寶和毒品只占非常小的空間。一切進展順利，直到發生一件預料之外的事情。某天，有個警察到學生宿舍調查發生在劍橋附近的一宗謀殺案，這次調查引起奈傑爾的恐慌，以為警察追捕的是他。他拿走一些電燈泡，這樣光線就會變得昏暗，他還驚慌地拿起某個帆布背包跑到後院，把它剪成碎片，扔到鍋爐後邊，因為他怕警方在背包的襯底上檢查出毒品的痕跡。

「他的恐慌完全沒必要，那個警察只是來查問某個歐亞裔學生的問題。但是住在宿舍裡的某個女孩湊巧從窗戶往外看，看到他在破壞背包。這件事並沒有立刻讓她遇害，不，相反的，出現了一個精心策畫的陰謀。那個女孩被誘導做了一些愚蠢的事，使得她自己極為惹人怨恨。但那件陰謀做得太過火了，我被哈伯德太太找去，我建議報警，那個女孩一慌便招認了。她承認她做的那些事，但是我想，她還去找奈傑爾，敦促他也承認背包的事和把墨水潑在另一個同宿舍學生報告上的事。不管是奈傑爾或他的同謀，都不能讓人發現他們和背包有牽扯，那樣一來，他們的整個計畫就毀了。而且西莉亞，我們在談的那個女孩，還知道一件危險的事，我去吃晚餐的那個晚上，她偶然透露了：她知道奈傑爾的真正身分。」

「但是……」恩迪科特皺著眉頭。

「奈傑爾已經走到另一個世界。他若遇到老朋友可能知道他現在叫查普曼，但對他現在在做什麼一無所知。在學生宿舍裡，沒人知道他真正的姓是史坦利。但西莉亞突然說她知道他的兩種身分，她也知道瓦萊麗・霍浩斯曾經用假護照出國旅行，她知道太多了。第二天晚上她出去和他在某個地方會面。他給了她一杯咖啡，裡面放了嗎啡。她在睡夢中死去，一切都被安排成像是自殺。」

恩迪科特先生激動起來，臉上掠過一絲飽含痛苦的表情。他小聲地咕噥了些什麼。

「但是還沒完，」白羅說，「那個擁有數家學生宿舍和學生俱樂部的女人，不久後在一種可疑的情況下死去，最後發生了最殘忍無情的謀殺。佩翠夏・蓮恩，一個深愛奈傑爾且奈傑爾也真心喜歡的女孩，很不智地捲進他的事務中，還堅持他應該在他父親去世前和他言歸於好。他告訴她一連串謊言，但他了解，以她固執的個性，她可能會在第一封信被毀之後再另寫一封。我的朋友，你應該可以告訴我，為什麼在他看來，那件事會這麼要命？」

恩迪科特先生站起身來，穿過房間走到一個保險箱，拿出一枚長信封走了回來。信封背部有個已被拆開的紅色封印。他抽出兩份文件，放在白羅面前。

親愛的恩迪科特：

我死後，你將會開啟此信。我希望你找到我兒子奈傑爾，調查清楚他是否從事任何犯罪活動。

我要告訴你的事情只有我一個人知道。奈傑爾的性格一直讓我們深為不滿，他兩次偽造我的名字簽發支票，每次我都承認了支票上的簽名，但警告他我不會再縱容他。第三次他偽造了他母親的簽名，她指責他，他請求她不要說出去，但她拒絕了。她和我討論過他的所作所為，所以她明確地說她會告訴我這件事。因為這樣，在端給她睡前服用的飲料時，他加了過量的安眠藥。然而，在藥效發揮之前，她已經到我房間，把事情全部告訴我了。當第二天早晨發現她已經死亡的時候，我就知道是誰幹的。

我譴責奈傑爾，告訴他我要把全部真相告訴警方。他拚命哀求我，我能怎麼辦呢，恩迪科特？我對兒子不抱任何幻想，我很清楚他是什麼樣的人，他是個既無良心也無同情心的危險人物。我沒有理由救他，但念及親愛的妻子我又動搖了。她真的會希望我主持正義嗎？我想我知道答案，她會希望她兒子免上斷頭台。她會退縮，就像我退縮了一樣，以免我們的姓氏受到玷辱。但我還有另一層考慮，我堅信殺過人之後，就會停不下手。將來可能還會有其他受害者。我和兒子達成協議，我也不知道這麼做是正確還是錯誤。他必須寫一份坦承罪行的自白書，交由我保存。他必須離開我家，開始他自己的新生活，永遠不再回來。我會再給他一次機會，他母親的財產自動歸到他名下。他受過良好的教育，他有許多機會過上美好的生活。

但是，如果他再犯下任何不法行為，他留給我的自白書就將交給警方。為了確保我自身的安全，我告訴他即使我死了，這項約定仍會繼續執行。

你是我交往最久的朋友，我將擔子交給你。我以我亡妻——她也是你的朋友——的名義請求你，找到奈傑爾，如果他記錄清白，則毀掉這封信和隨信附上的自白書。如果不是，那麼就讓正義得到伸張。

你摯愛的朋友　亞瑟．史坦利

「啊！」白羅長長地嘆了一口氣。

他打開附件。

茲承認我於一九五×年十一月十八日讓我母親服用過量的美迪那藥劑而謀害了她。

奈傑爾．史坦利

22

「你很清楚你目前的處境，霍浩斯小姐，我已經警告過你……」

瓦萊麗．霍浩斯打斷他的話。

「我知道我在做什麼。你已經警告過我，我所說的話都將成為呈堂證供，我已經有心理準備。你們控告我走私，我俯首認罪，那意味著長期監禁，也意味著我會以謀殺案的共犯接受起訴。」

「你願意認罪的話可能對你有所幫助，但是我無法提出任何保證或進行任何勸誘。」

「我不在乎，到監獄受幾年折磨來結束這一切也不錯。我要招供，我雖然被你們稱作共犯，但我不是殺人犯。我從來沒打算殺人也不想殺人，我沒那麼愚蠢。我想做的是讓奈傑爾確實被起訴。

「西莉亞知道得實在太多了，但我本來可以想辦法處理好的，可是奈傑爾不給我時間。

他把她叫出去見面，告訴她他會承認背包和墨水的事，然後偷偷把嗎啡放進她的咖啡裡。先前他拿到她寫給哈伯德太太的信，把裡面有關『自殺』的句子撕下來，他把那張紙片和那個空的嗎啡瓶（他假裝扔掉但又把它撿了回來）放在她床邊。我現在才發現他早已計畫一段時間了。後來他跑來告訴我他做了哪些事，為了我自己的利益，我不得不站到他那邊。

「同樣的事情一定也發生在妮可萊蒂太太身上。他發現她酗酒、變得不可靠了，就設法在她回家的路上和她碰面，然後在她的酒裡下毒。他跟我說不是他做的，但我知道就是他。接下來是佩翠夏，他跑到我房間告訴我發生了什麼事，教我該怎麼做，這樣他和我都會有無可置疑的不在場證明。那時我進退維谷，找不到出路。我想，如果你們沒有逮到我的話，我已經跑到國外某個地方，重新開始自己的新生活。但是你們已經抓到我了……現在我只關心一件事，就是確信那個有著殘忍微笑的魔鬼被吊死。」

夏普警探深吸了一口氣。這一切都讓他非常滿意，他的運氣真是難以置信地好，但他非常困惑。

警佐舔了舔鉛筆尖。

「我不能確定我很明白。」夏普開口說道。

她打斷他的話。

「你不必明白，我自有道理。」

赫丘勒・白羅非常輕柔地問道：「是因為妮可萊蒂太太？」

他聽到她倒吸一口氣發出了刺耳的聲音。

「她是……你的母親，對吧？」

「對，」瓦萊麗・霍浩斯說，「她是我媽……」

23

「我不懂。」艾基班博悲哀地說。

他焦急地從這個紅髮人看到另一個紅髮人。

莎莉・芬奇和雷恩・貝特森正在交談，艾基班博覺得很難跟得上。

「你認為，」莎莉問道，「奈傑爾是想讓我或是讓你受到懷疑嗎？」

「我想兩個人都有吧。」雷恩回答道，「我想他是從我的梳子上拿到那幾根頭髮。」

「我不懂，請解釋一下，」艾基班博說，「那麼是奈傑爾跳過陽台囉？」

「奈傑爾跳起來就像隻貓。我不可能跳得過那個地方，我太重了。」

「我要向你鄭重道歉，先前沒道理地懷疑你。」

「沒關係。」雷恩說。

「其實你幫了大忙，」莎莉說，「你的那些想法，關於硼砂粉的推測。」

艾基班博喜形於色。

「我們早就應該知道，」雷恩・貝特森說，「奈傑爾是一個完全無法適應環境的人，而且……」

「哦，拜託，你說起話來就像科林一樣。老實說，奈傑爾一直讓我覺得不寒而慄，至少我現在知道為什麼了。你知道嗎，雷恩，如果可憐的亞瑟・史坦利爵士當初沒有因為心腸太軟，直接就把奈傑爾交給警方，那麼另外三個人今天還會好好地活著。這種想法值得令人深思啊。」

「但是，他的感受是可以理解的。」

「有件事，莎莉小姐——」

「什麼事，艾基班博？」

「如果你今天在學校的晚會上碰到我的指導教授，能不能告訴他，我做了一個不錯的推理思考？我教授經常說我的思維過程一片混亂。」

「我會跟他說的。」莎莉說。

雷恩・貝特森看來悶悶不樂。

「一星期以後你就要回美國去了？」

短暫的沉默。

「我還會回來。」莎莉說，「或者你也可以去我們那兒修個學位。」

「幹嘛用？」

「艾基班博，」莎莉說，「你願意，有那麼一天，在人家的婚禮上擔任伴郎嗎？」

「請問，什麼是伴郎？」

「新郎，比如說雷恩給你一枚戒指請你替他保存，他和你穿戴整齊走進教堂，當時候到了，他跟你要戒指，你把戒指遞給他，他把它套到我的手指上，教堂的風琴奏起結婚進行曲，大家大聲歡呼，婚禮就開始了。」

「你是說你要和雷恩先生結婚嗎？」

「正是如此考慮。」

「莎莉！」

「當然，除非雷恩不喜歡這個主意。」

「莎莉！但是你不知道，我爸爸……」

「那又怎樣？我當然知道，你父親有精神病。好吧，很多人的父親也都有精神病。」

「不是遺傳性的精神病，我向你保證，莎莉。你不知道我是多麼捨不得你走。」

「這我有點懷疑。」

「在非洲，」艾基班博說，「以前，原子時代還沒到來、科學思想還沒出現的時候，結婚習俗是非常奇怪有趣的，我告訴你們……」

「你最好別說，」莎莉說，「我想你所說的話可能會讓雷恩和我都覺得臉紅。長著一頭紅髮的人，一臉紅就會非常引人注目。」

§

赫丘勒．白羅在萊蒙小姐放在他面前的信上簽下了最後一個名字。

「很好，」他嚴肅地說，「沒有一個錯誤。」

萊蒙小姐看起來有點難堪。

「我希望我不是經常出錯。」她說。

「不常，但是發生過。順便問一下，你姐姐怎麼樣了？」

「她打算出去散散心，白羅先生，到北部走走。」

「啊。」赫丘勒．白羅說。

他在想……可不可能……出去走走？

不是他自己要出國旅行，沒有任何誘因……

他身後的鐘敲了一下。

赫丘勒．白羅鄭重地說：

鐘敲一下，

老鼠滾下，

哈可滴可咚！

「你在說什麼，白羅先生？」

「沒什麼。」赫丘勒．白羅說。

專文推薦

藏在日常細節中的冒險

楊照（作家）

一開始，就都在那裡了。

一九二〇年，阿嘉莎．克莉絲蒂出版了《史岱爾莊謀殺案》，神探白羅就已經退休了。而且在這個案子裡，藉由敘述者海斯汀的轉述，就鋪陳出克莉絲蒂小說最基本的偵探原則：

「那些看來或許無關緊要的小細節……它們才是重要的關鍵，它們才是偉大的線索！」

「豐富的想像力就像洪水一樣，既能載舟亦能覆舟，而且，最簡單直接的解釋，往往就是最可能的答案。」

「沒有任何謀殺行為是沒有動機的。」

還有，一個不討人喜歡的死者，一群各有理由不喜歡死者、因而也就都有殺人動機的人，這些人彼此之間構成複雜的關係，有的互相仇視，有的互相愛戀，麻煩的是，有些愛人其實貌合神離，有些仇人其實私下愛慕；更麻煩的是，不論是愛或是仇，都有可能是扮演出來的。

一個外來的偵探必須周旋在這些嫌疑者之間，從他們口中獲取對於案情的了解，換句話說，他必須在很短的時間內，搞清楚誰是誰、誰跟誰吵架、誰跟誰偷情，然後判斷誰說的哪一句是實話、哪一句是謊言。常常謊言比實話對於破案更有幫助。

再偷偷透露一下，如果要和小說裡的凶手及小說背後的作者鬥智，就像克莉絲蒂對英國社會的了解，祕訣就在於要去追究小說裡的人物背景，尤其是他們的階級地位。基本上，階級地位愈高、權力愈大、愈有錢者，說的話就愈不要相信。例如在《史岱爾莊謀殺案》中，僕人、園丁說的話遠比有頭有臉的人說的要可信多了。就算要說謊，他們的謊言也比較天真，而且往往出於善良動機。當你歸納線索時，就會知道他們並非故意說謊，那是因為他們的認知受到蒙蔽或誤導，而你慢慢就從這蒙蔽或誤導中被引導到真相。

《史岱爾莊謀殺案》出版那年，克莉絲蒂三十歲，但書稿其實早在五年前就寫好了，畢竟要找到有人願意出版一個看來再平凡不過的家庭主婦寫的小說，並不是那麼容易。

所有和克莉絲蒂接觸過的人，都對於她的「正常」留下深刻印象。她看起來就和她那個年紀的典型英國家庭主婦一樣，害羞、靦腆，只能在社交場合勉強跟人聊些瑣事話題，完全無法演講，甚至連只是站起來對眾賓客說幾句客套話，請大家一起舉杯，她都做不到。她不演講，也很少答應接受採訪，就算採訪到她也很難從她口中得到有趣的內容。她會講的，幾乎都是記者本來就知道、或者自己就可以想得出來的。

例如說白羅這個神探的來歷。克莉絲蒂回答：他應該是個外國人，這樣就能在英國日常生活中看出英國人自己看不出的線索。她自己碰過的外國人，只有第一次大戰剛爆發時到英國避難的比利時人。比利時警察怎麼能跑到英國來？那一定是因為他已經退休了。他有潔癖，所以對於現場會有特殊的直覺，馬上感受到不對勁的地方。一個有潔癖的人，好像應該長得矮小些才相稱，一個矮小有潔癖的人最適當的名字，就是希臘神話裡的大力士「赫丘勒斯（Hercules）」，製造出荒唐的對比趣味。那白羅這個姓是怎麼來的呢？克莉絲蒂很誠實地說：「我不記得了。」

一切都如此順理成章，一切都如此合邏輯，不是嗎？有記者問她怎麼看自己的舞台劇〈捕鼠器〉，創下了英國劇場、甚至全世界劇場連演最多場紀錄的名劇？克莉絲蒂的回答也還是中規中矩，合理合節：那是一齣小戲，在一個小劇院演出，成本很低，任何人想到了都可以帶家人或朋友去看，老少咸宜，並不恐怖，也不特別荒謬打鬧，可是又什麼都有一點，包括恐怖和荒謬打鬧的成分。

她的身上找不出一點傳奇、怪誕色彩，那她為什麼能在五十年間持續寫偵探小說，創造了那麼多謀殺，還創造了那麼多詭計？

首先因為她是女性，以及她的身世，包括她的階級身分，使得她在描寫故事場景時比一般男性作者來得敏感。因為在她之前的偵探推理小說男性作家的階級身分都是高高在上，基本上他們會從較高的角度看社會，比較看不到底層的感受。

而她的婚變以及婚變中遭逢的痛苦，都使她更能體會與觀察，將英國社會的複雜細節融入小說的核心情節，讓探案與線索分析結合在一起。

克莉絲蒂一生結過兩次婚，第一次在一九一四年，婚後不久，丈夫就參加了歐戰，是英國皇家空軍最早一批飛行員。一九二六年，這個丈夫有了外遇，直率地向克莉絲蒂要求離婚，在那之前，克莉絲蒂的媽媽才剛過世，雙重打擊之下，又遇到車子無法發動，克莉絲蒂崩潰了，她棄車而走，忘記了自己究竟是誰，躲進一家鄉間旅館，登記時寫了她心裡唯一有印象的名字——她丈夫情婦的名字。

離婚後，一次在晚宴中，有人提起近東烏爾考古的最新收穫，克莉絲蒂就取消了原定要去西印度群島的計畫，改訂了跨越歐洲到君士坦丁堡的「東方快車」，是的，就是這趟旅程給了她寫《東方快車謀殺案》的靈感。不過更重要的是，在烏爾，她認識了一位年輕的考古學家，比她小十四歲，這個人後來成了她的第二任丈夫。

這位考古學家陪她去參觀在沙漠中的烏克海迪爾城，卻在沙漠中迷路困陷了。幾小時中克莉絲蒂卻沒有一點驚慌不安，當下考古學家就決定要向她求婚。

原來，克莉絲蒂的內心是有這種冒險成分的。要不然她不會兩次選到的，都是喜愛冒險的丈夫，而她本身大概也不會吸引一個在各種危險情境下挖掘古代寶藏的人，讓他願意向一個大他十四歲的女人求婚。

這樣說吧，維多利亞時代後期的英國環境，壓抑限制了克莉絲蒂冒險、追求傳奇的內在衝動，她只好將這樣的衝動寄託在丈夫和寫作上。她一邊陪著第二任丈夫在近東漫走，一邊在小說中寫各式各樣的謀殺與探案。謀殺和探案都是冒險，還有，偵探偵查中做的事——蒐集線索，還原命案過程——其實和考古學家的考掘，如此相似！

克莉絲蒂寫得最好的，正是「藏在日常中的冒險」。她個性中的雙面成分，造就了特殊的偵探魅力。既嚮往非常傳奇，卻又有根深柢固的日常邏輯信念，兩者都在克莉絲蒂的小說中扮演了重要角色。她的謀殺案幾乎都和日常習慣緊密編織在一起，日常環境成了凶手最重要的掩護。有些日常規律明顯地被破壞了，讓我們很自然以為那會是謀殺的線索，沿著這些線索形成了閱讀中的推理猜測，然而白羅早就提醒了，真正重要的反而是那些「細節」，也就是看來像是依隨日常邏輯進行的事，或說藏在日常邏輯中因而不被看重的事，那裡要嘛藏著凶手的核心詭計、煙幕，要嘛藏著凶手致命的破綻。

凶案的構想，就是如何讓異常蓋上日常、正常的面貌，又如何故意將日常、正常予以扭曲，製造假象；那麼偵探要做的，就是如何準確地在日常中分辨出真正的異常，將假的、明顯的異常撥開來，找出細節堆疊起來的異常真相。

此外，克莉絲蒂的小說裡隱藏著極其曖昧的情感價值觀，最典型、最有名的就是《東方快車謀殺案》。透過追查過程，讓讀者知道為什麼凶手要訴諸於這種手段，其動機具有可同情之處，再加上克莉絲蒂對身分階級的觀察，她比較相信或讓讀者相信那些沒有權力、地位的人，隨著偵查節奏去認識可能或必須懷疑的人。克莉絲蒂最擅長營造「多重嫌疑犯」的小說特質，因為讀者在閱讀時必須被迫去認識很多不一樣的人。在她最受歡迎的作品，大概都具備這樣的特質。

當然，她的作品中還有兩個最突出的神探，即白羅和瑪波。白羅是比利時人，但為什麼必須是外國人？這是因為英國人具有高度階級意識，這種觀念一路滲透到所有互動細節，包括人與人之間如何說話。而白羅因為不是英國人，他會發現一般英國人不太看得出來的東西，以及兩個人互動的方法哪裡不正常。至於瑪波為什麼得是老太太？她一如那個年代的老人家，總是靜靜坐著打毛線，因為不起眼，自然讓人放鬆防備，所以瑪波探案的線索都是來自於這樣的互動模式。

然而，白羅有很明顯的優勢，瑪波的身分使她基本上只能進行「靜態」的辦案，案子的空間受到侷限，白羅卻可以跨越各種空間，恣意揮灑。而且白羅擁有警官身分，可以合理出現在各種犯罪現場，瑪波能出現的地方，相形之下就勉強、不自然多了。白羅是明白的outsider，在英國，只要他出現，就會覺得有外人在而感到緊張，於是很容易露出平常不會表現的行為；瑪波則看起來是insider，但實質上是outsider，因為總是沒人發現她、當她空氣人。這兩人的探案，是兩個極端。雖然讀者最愛白羅，但克莉絲蒂自己偏愛瑪波勝於白羅。

不管後來的偵探、推理小說發展了多少巧妙詭計，克莉絲蒂卻不會過時，因為她的推理如此密切地和日常纏繞在一起；活在日常中，我們就無可避免被克莉絲蒂的「日常細節推理」吸引，隨時讀來都充滿驚奇趣味。

名家盛讚克莉絲蒂（依推薦時間排序）

金庸（作家）

克莉絲蒂的寫作功力一流，內容寫實，邏輯性順暢，也很會運用語言的趣味。閱讀她的小說，在謎底沒有揭露之前，我會與作者鬥智，這種過程非常令人享受。其作品的高明之處在於：布局的巧妙完全意想不到，而謎底揭穿時又十分合理，讓人不得不信服。

詹宏志（作家、PChome 網路家庭董事長）

推理小說在從先輩柯南．道爾等人的發明中出現力量時，誕生了一位《天方夜譚》故事中每天說故事說個不停的王妃薛斐拉．柴德，也就是「謀殺天后」克莉絲蒂，整個世界對聽這些故事才有如此的熱情。他們捨不得睡覺，每天問後來還有嗎、還有嗎，永遠不肯離去，這就是克莉絲蒂對推理小說的最大貢獻。

可樂王（藝術家）

所謂「克莉絲蒂式」的推理小說，就是一場和一個天才的寫作者或高明的恐怖份子在紙上捕掠捉殺的戰事。即便是一列火車、一處飯店或一間酒吧，在克莉絲蒂寫來皆充滿神祕和猜謎。在人生適合的下午裡，我總是一面嚼著口香糖，一面跟著矮子偵探白羅穿梭謀殺現場，克莉絲蒂的推理作品無疑是推理世界中最充滿「魔術性」的小說。

吳若權（作家、節目主持人）

我從小就對推理小說情有獨鍾，克莉絲蒂一系列的作品尤其令我愛不釋手。多年來，閱讀推理小說的經驗讓我覺悟：讀者在文字情節中推展開來的驚嘆，不只是因緣於故事的本身，而是自我性格的投射。從這個觀點來看克莉絲蒂一系列的作品，她簡直就是洞徹人性的算命師。而讀者，在她的文字中，發現了自己無可奉告的命運。

藍祖蔚（國家電影及視聽文化中心董事長）

做過藥劑師，難免懂得毒藥；嫁給考古學家，難免也就嫻熟文明的神祕；再加上曾經失蹤九天，一切不復記憶的離奇經驗，的確提供了寫作靈感，但若少了想像力，那些片羽靈光縱使辛辣如辣椒，卻不足以成菜。

推理小說重布局、重人物描寫，克莉絲蒂最厲害的卻是犀利的人性觀察，她一手創造的白羅探長，潔癖個性完全和她相反，更將她所憎厭的人格特質集於一身，殊不知，唯有不對著鏡子寫作，才能夠跳出框架與制式反應，開闢無限寬廣的新世界，建構多面向的詭異迷宮。

看完她的小說，你只會更加訝異，到底是什麼樣的心靈才能成就這般視野？

李家同（作家、前暨南大學校長）

克莉絲蒂的整體布局十分細膩，最後案情也都講解得非常詳細，回頭去看，在書中都找得到線索。故事的情節與內容也很好看，不是像一個流氓在街上被殺掉那麼單調。……看小說應該要花腦筋、要思考，從小就要養成思辨的能力，看她的小說，就是對邏輯思考能力極佳的訓練。

袁瓊瓊（作家）

雖然被公認是冷靜理性的謀殺天后，但是在理性之下，克莉絲蒂的底色依舊是感情。克莉絲蒂很明白，所有的慾望之後，都無非是某種愛情。在以性命相搏的犯罪世界裡，凶手以終結他人的性命來遂私欲，不過是為了成全自己的愛，或者是成全自己的恨。

鄧惠文（精神科醫師）

以推理小說作家而言，克莉絲蒂的風格相當獨樹一格。她的偵探在辦案時，靠的不光是科學證據的搜集，而是大量運用犯罪心理學，及對人性的深刻了解。例如在《五隻小豬之歌》中，白羅便是藉由聽取嫌疑犯訴說案情時所不自覺顯露的主觀意識及中心思想，而看出其中破綻，找出真凶。白羅是靠腦袋辦案，以心理層面去剖析案情，即使人們敘述的是同一件事，他可以聽出不同角色因出發點及看待角度不同所透露的情緒觀感，從而抽絲剝繭，還原事實真相。

克莉絲蒂所塑造的人物也生動且各具特色，不同個性所出現的情緒反應描寫，皆細膩而準確，讓讀者產生豐富的想像空間，一展卷便欲罷而不能。

吳曉樂（作家）

克莉絲蒂使用的語言平易近人，主要是以角色與情節的對應來斧鑿出故事的深度，堆疊出讓讀者回味的迂迴空間。而她筆下的角色往往性別、階級、性格、族群各異，塑造出多元又豐富的人物群像。

文學作品不問類型，若要流傳於世，最終仍得上溯至「人性」的理解與反思。而阿嘉莎．克莉絲蒂的作品中，我們可以看到人類屢屢得和自己的人生討價還價，或千方百計讓主觀意識與客觀條件達成某種程度的整合，讀者在重建人物的心理軌跡時，也見識到自身的是非成敗，我認為，這也是克莉絲蒂的作品能夠璀璨經年、暢銷不衰的主因。

許皓宜（心理學作家）

克莉絲蒂筆下的故事看似在談人性的醜惡，實則像一位披著小說家靈魂的心靈引導者，用她的文字訴說著人們得不到「愛」時的痛苦。於是在故事終了的剎那，你不得不對人生多了幾分「看透感」：原來，我們心裡的那些痛苦、報復與自我折磨的慾望，不是因為「憤恨」，而是起於對「愛的失落」。這或許是我們在情感世界中最珍貴且深刻的一種覺察了。

推理小說荒謬驚悚嗎？不，它其實很寫實。它幫我們說出心裡的苦、怨、醜陋的慾望，於是，我們可以重新學習愛了。

一頁華爾滋 Kristin（影評人）

從有記憶以來，閱讀克莉絲蒂最迷人之處往往不在真正的凶手是誰，而是在於「Why」（為什麼）與「How」（如何進行），在於人性與心理描摹的故事肌理。依循其書寫脈絡，會發覺不只是邏輯清晰、布局縝密、著重細節，她總能完美掌握敘事節奏，書中人物彷彿真實存在般鮮明躍然紙上，讀者情緒會隨精準文字保持流轉、跳動、收放，掩卷時並無太多真相水落石出的暢快，反倒淡淡的惆悵化為餘韻襲上心頭，原來還是種種意料之外，卻屬情理之中的人性盲目使然。私以為，那成就了克莉絲蒂的推理故事之所以無比迷人的主因之一。

冬陽（推理評論人）

雖然阿嘉莎．克莉絲蒂的作品並非我的推理閱讀啟蒙，卻是養成閱讀不輟的重要推手。首先，她無庸置疑是個說故事能手，打開我名為好奇的開關；其次是設計犯罪事件的巧妙多元，既日常又異常，凶手更是叫人意想不到。沒錯，我相信每個當讀者的都忍不住想破案，想早偵探一步識破詭計，或者像考試結束鈴響前一秒，瞎猜都要指著某個角色大喊「你就是犯人」！然後會忍不住作弊——不是翻到最後幾頁窺探真凶身分，而是往前翻查讓人起疑的段落、偵探顯然掌握重要線索的時刻，直到忍不住豎白旗投降，看神探（我知道啦，真正把我要得團團轉的聰明人是作者）頭頭是道地分析我遺漏錯置的片片拼圖，終於看清真相全貌。這，就是偵探推理，我因此熟悉遊戲規則、沉醉在每一場迷人故事裡，成為這個類型書寫的俘虜，享受至今不疲的美好滋味。

石芳瑜（作家、永樂座書店店主）

布局細膩、處處留下線索，破案解說詳細，說明了這位安靜、害羞的推理小說女王心思縝密，且充滿想像力。密室殺人，完美犯罪，《東方快車謀殺案》不愧為古典推理小說的經典。再加上神祕的東方色彩，隨著火車抵達的迫切時間感，連非推理小說迷都會神經拉緊，讀完大呼過癮。

家庭主婦缺少人生經驗？處女座的阿嘉莎．克莉絲蒂充分展現她過人的寫作天分，靠得是從小開始的閱讀，以及對偵探小說的著迷。三十歲寫下第一本偵探小說《史岱爾莊謀殺案》的克莉絲蒂，在那個時代並不能說是「早慧」，但寫作生涯五十五年中，共創作了八十部偵探小說，卻令人難以企及。這位害羞靦腆的小說女神，大概是相信只要有足夠的理由，每個人都有殺人的可能！

余小芳（暨南大學推理研究社指導老師、台灣推理作家協會常務理事）

學生時代加入推理社團，社課指定讀物便是經典作品《一個都不留》，成為我對克莉絲蒂的初步印象，自此沉浸於推理小說的世界。隔年寒假陪同學參與轉學考，在斜風細雨的走廊中，滿足讀完《東方快車謀殺案》。隨著歲月遠走，已昇華成趣味回憶。

踏入推理文學領域需要認識的作家，阿嘉莎．克莉絲蒂絕對名列其中，她的作品常有英國小鎮風光、莊園式的謀殺、設備豪華的交通工具等，還有特色鮮明的偵探活躍其中。書中少有血腥、暴力的橋段，布局巧妙且結構嚴密，手法純粹、知性，故事內容與人物性格融為一體，以高超的想像力結合說好故事的能耐，為推理小說開創新局面。克莉絲蒂推理全集重編改版，值得新舊讀者一起探索。

林怡辰（國小教師、教育部閱讀推手）

多年後，還是難忘第一次閱讀阿嘉莎．克莉絲蒂作品的感動和激動。

這套將近一世紀的作品，文筆流暢，邏輯縝密，過程中不斷與作者較量、猜出凶手，直到最後解答不禁佩服，蛛絲馬跡處處展現作者的精妙手法，於是又拿起另一部作品，再次沉溺在謀殺天后所編織的日常世界中的奇幻，無可自拔。犯罪動機和手法穿越時空限制，如今讀來合理且依舊令人感動，閱讀中趣味橫生，難怪成為後來諸多偵探小說的原型。

克莉絲蒂創作生涯中產出的八十部推理作品，至今多部躍上大銀幕，無怪乎被稱之為「經典」，喜愛推理偵探作品的人不可不讀，你會驚異於她在文字中施展的魔法！

張東君（推理評論家、科普作家）

我愛克莉絲蒂！這位在台灣有時會被稱為克奶奶的超級暢銷推理小說家，即使是自認沒讀過她的書的人，也都會在各種書籍或影視作品中看到對她致敬的片段。由於她喜歡旅行和冒險，那些經驗與體驗都成為書中的場景，因此閱讀她的作品時，不只是雀躍地跟著偵探推理，也有了虛擬的旅行體驗。或者當成旅遊導覽書，在出發去尼羅河、去英國鄉間、去搭船搭火車時，就塞一本克奶奶的作品到隨身背包中。

我還是大學新生時，就聽學姐說她哥哥經常看克奶奶的小說，而且邊看邊狂笑。於是我跟著效仿，在某次搭飛機之前買了第一本小說當旅伴，不只看得超開心，看完後還到處找尋書中出現的那種有兜帽的斗篷，當成出門時的必備用品。克奶奶的作品是跨越文字、國界的。只要看過一本，就會不停地追下去。還好，真的是還好只有八十本。何況這次是全新校訂的紀念珍藏版，當然不能錯過！

發光小魚（呂湘瑜）（文史作家、助理教授）

一部好的偵探小說，除了情節設計巧妙之外，還需要洞悉人性，如此方能合理地交代人物的言行舉止與動機。阿嘉莎．克莉絲蒂便是其中翹楚，她的作品不管是偵探、愛情小說或戲劇，必要元素都是謎題與人性。在寧靜無波的場景下暗潮洶湧，永遠都有意料之外，讀者的情緒也會隨著劇情的進行起伏糾結。克莉絲蒂觀察到時代的變化，將犯罪心理融入作品中，於是，看她的小說不只能得到解謎的快樂，同時對人性也能夠有所省思。

此外，克莉絲蒂豐富的人生歷練及旅行經歷，例如一九二二年的環球之旅、居住過也旅行過的巴黎和埃及，甚至是追隨考古學家丈夫前往的中東，都讓她的小說讀來更加充滿異國情調。如果你也愛旅行，不如就讓我們一同搭上那一班南法的藍色列車，或由伊斯坦堡出發的東方快車，跟著白羅鑽進一樁奇案，一嘗旅程中破解謎題的快感吧。

盧郁佳（作家）

國小時，家裡買了一套阿嘉莎．克莉絲蒂全集，從此成了我的毒品，在白癡課本將我的腦袋啃嚙成海綿般空洞時，撫慰受創的心靈，那時我仍對人心險惡一無所知。

數學課教你列算式，樂趣遠不如克莉絲蒂教你住宅平面圖、偷換時序的密室魔術，你從庭園長窗進房間，我從房門直通鄰房，他從走廊進房……從而學會故事是建構邏輯。她文風多變，時而《四大天王》中讓神探白羅向助手海斯汀大賣關子，眉頭緊皺，山雨欲來，預示天翻地覆，只能靠他拯救世界；時而用維吉尼亞．吳爾芙《自己的房間》中俏皮的語言，讓貧苦村姑安妮在《褐衣男子》中回憶南非出生入死的冒險，竟源於她耽讀村裡圖書館爛舊的冒險愛情小說，還有戲院每週末放映〈帕米拉歷險記〉，帕米拉每集從飛機跳落高空、搭潛艇、爬上摩天大樓，每次被黑幫老大抓到總不一刀斃命，卻老要用瓦斯毒死她，暗示續集又會逃出生天。

長大才發現，克莉絲蒂小說就是我的〈帕米拉歷險記〉：它以歌劇般輝煌龐大的天真陰謀、精細的人際觀察（一句話重音放在哪個字、從膝蓋鑑定女人的年齡等），召喚年輕讀者抱持浪漫精神投入未知的壯遊，瘋魔、衝撞、冒犯，傷痕累累毫無懼色。正如瓦斯在冒險片中太多、現實中卻太少；陰謀在現實中沒有克莉絲蒂寫得那麼複雜，但她刻畫的心理卻是現實中解謎的試金石。

賴以威（臺灣師範大學電機系副教授）

或許可以為經典下幾個定義：該領域的愛好者更都讀過；不是這個領域的愛好者，許多人也都聽過；影響後續的作品，在很多著作中都可以看到它的影子；值得反覆再三閱讀，每隔一陣子再讀都可以獲得閱讀的樂趣，有更多的體悟。我永遠記得第一次讀《東方快車謀殺案》時，被那宛如嚴謹設計數學謎題的鋪陳、推進給深深吸引、震撼。從這幾個角度來說，克莉絲蒂的推理小說被稱之為「經典」，可說是當之無愧。

謝哲青（作家、旅行家、知名節目主持人）

克莉絲蒂小說的魅力在於透過每個角色的對白，藉由不斷的說話來表現人物的個性，以彰顯其人格特質中一些無法被忽略的事實。我們從他們的言語、講話的過程和字裡行間，竟然就能知道誰是兇手。

我從克莉絲蒂的小說學到很多，除了推理小說有趣的事實之外，最重要的是，我在工作的職場跟人應對的時候，如何從語言和對話裡去捕捉某些隱而不顯的事實。許多人們欲蓋彌彰的東西，無論心事也好、祕密也好，克莉絲蒂都會用文學的手法，讓你理解語言的奧妙和魅力。

克莉絲蒂的書寫會讓你覺得彷彿自己也在現場，你可以從聽到的對話當中，學會如何理解人心的一些小技巧，這是小說家最出色、最偉大的地方。我們必須學習傾聽別人說話——這些人講話是真誠的嗎？他想要跟你分享什麼資訊？這些資訊可靠嗎？——這是我在閱讀推理小說時，最大的收穫和理解。

阿嘉莎・克莉絲蒂大事記

1890		• 九月十五日出生於英格蘭德文郡托基鎮。
1894	4 歲	• 開始在家自學，父母親、姐姐教導閱讀、寫作、算術和彈鋼琴。
1895	5 歲	• 家中經濟走下坡，舉家搬至法國，學會流利的法語。
1905	15 歲	• 在巴黎寄宿學校學鋼琴和聲樂，但生性極度害羞，未成為職業鋼琴家，最終回到英國。
1907	17 歲	• 陪同母親前往埃及調養身體，對社交活動充滿興趣，但尚未對日後感興趣的埃及古物點燃熱情。 • 回英國後繼續寫作、參與業餘戲劇表演。
1908	18 歲	• 寫出第一篇短篇小說〈麗人之屋〉，同時也寫出第一部愛情小說《白雪黃漠》，以筆名向出版社投稿，但屢遭退稿。
1912	22 歲	• 與英國皇家軍官亞契・克莉絲蒂（Archibald Christie）熱戀。 • 八月爆發第一次世界大戰，亞契奉派到法國作戰。
1914	24 歲	• 耶誕夜結婚，亞契隨即返回戰場。克莉絲蒂參與紅十字會工作，在醫院擔任護士和藥劑師，因此對藥理和毒物非常熟悉，造就後來多部推理小說情節都以毒藥殺人。
1916	26 歲	• 開始嘗試寫推理小說，寫出第一部小說《史岱爾莊謀殺案》，主角偵探赫丘勒・白羅的靈感，來自於大戰期間英國鄉間的比利時難民營。本書歷經數家出版社退稿後，終獲柏德雷・海德（The Bodley Head）圖書公司的出版機會，之後並簽下另五本小說的合約。
1919	29 歲	• 前一年亞契返回英國，八月生下女兒露莎琳。

1920　30歲　• 出版《史岱爾莊謀殺案》。

1922　32歲　• 出版第二部小說《隱身魔鬼》，主角是夫妻檔偵探湯米和陶品絲。
• 與亞契至南非、澳洲、紐西蘭、夏威夷和加拿大等國旅行十個月，在南非得到《褐衣男子》的靈感。

1923　33歲　• 三月出版第三部小說《高爾夫球場命案》，白羅再度登場。

1926　36歲　• 四月母親過世，克莉絲蒂陷入憂鬱。
• 六月在「威廉·柯林斯父子出版社」出版《羅傑艾克洛命案》。
• 八月亞契因外遇提出離婚，十二月初一次爭吵後，克莉絲蒂離家棄車失蹤，消息登上全國新聞。

1927　37歲　• 一月在悲痛心情中寫出《藍色列車之謎》，第一次創造出聖瑪莉米德村，即後來瑪波小姐居住的村子。
• 分居期間在雜誌刊登以白羅為主角的短篇小說，後來集結出版《四大天王》。
• 十二月在雜誌刊登短篇小說〈週二夜間俱樂部〉，瑪波小姐初登場，後來收錄在一九三二年出版的短篇小說集《十三個難題》。

1928　38歲　• 十月正式離婚，仍保留「克莉絲蒂」姓氏。
• 秋天搭乘「東方快車」前往土耳其的伊斯坦堡，再轉往伊拉克首都巴格達，參觀考古現場烏爾，認識考古學家伍利夫婦（Leonard and Katharine Woolley）。

1930　40歲　• 二月應伍利夫婦之邀再訪烏爾，認識考古學家麥克斯·馬龍（Max Mallowan），九月於英國愛丁堡結婚。這段婚姻開啟克莉絲蒂旺盛的創作生涯，兩人到中東考古現場的旅行為許多作品帶來靈感。

- 婚後克莉絲蒂開始維持固定的寫作行程。十月出版《牧師公館謀殺案》，是第一部以瑪波小姐為主角的小說。
- 出版第一部以「瑪麗・魏斯麥珂特」（Mary Westmacott）為筆名的《撒旦的情歌》，並陸續發表了五部非犯罪小說。

1932 42歲 • 出版《危機四伏》。

1934 44歲 • 出版《東方快車謀殺案》，是白羅海外辦案三部曲之一，故事靈感來自中東的旅行經歷。一九七四年第一次改編成電影大獲好評。

1936 46歲 • 出版《美索不達米亞驚魂》，白羅海外辦案三部曲之二。

1937 47歲 • 出版《尼羅河謀殺案》，白羅海外辦案三部曲之三，故事背景是年輕時與母親同遊的埃及。一九七八年第一次改編成電影大受歡迎。

1939 49歲 • 二次大戰期間，克莉絲蒂在大學學院醫院擔任義務藥師，學習到最新的毒藥知識，對於推理小說寫作大有助益。
• 出版《一個都不留》，是克莉絲蒂最著名作品之一。

1941 51歲 • 出版《密碼》，呈現出克莉絲蒂對戰爭的看法。
• 出版《豔陽下的謀殺案》。

1942 52歲 • 出版《藏書室的陌生人》、《五隻小豬之歌》等名作。

1944 54歲 • 以「瑪麗・魏斯麥珂特」為筆名出版第三部作品《幸福假面》，被美國書評人發現是克莉絲蒂的作品，讓她從此失去匿名創作的自在樂趣。

1950　60 歲　• 獲選為皇家文學學會的會員。

1953　63 歲　• 出版《葬禮變奏曲》。

1956　66 歲　• 一月獲頒大英帝國爵級大十字勳章（GBE）。
• 十一月以「瑪麗．魏斯麥珂特」為筆名出版《愛的重量》，是這個筆名的最後一部作品。

1958　68 歲　• 成為「偵探作家俱樂部」主席。

1960　70 歲　• 馬龍獲頒大英帝國爵級大十字勳章。

1961　71 歲　• 獲得艾克塞特大學頒發榮譽文學博士學位。

1968　78 歲　• 馬龍獲封為爵士，克莉絲蒂亦被稱為馬龍爵士夫人。

1971　81 歲　• 獲頒大英帝國爵級司令勳章（DBE），獲封為女爵士。

1973　83 歲　• 出版最後一部創作《死亡暗道》，亦為湯米和陶品絲最後一次辦案。

1974　84 歲　• 最後一次公開露面，出席電影《東方快車謀殺案》首映會。

1975　85 歲　• 八月六日，白羅成為有史以來第一次在《紐約時報》頭版刊出訃聞的小說主角，宣傳九月即將出版的《謝幕》，這也是白羅最後一次辦案。

1976　86 歲　• 一月十二日去世。
• 十月出版《死亡不長眠》，瑪波小姐的最後一次辦案。

克莉絲蒂推理原著出版年表

1920 史岱爾莊謀殺案 The Mysterious Affair at Styles（神探白羅系列）
1922 隱身魔鬼 The Secret Adversary（神探湯米＆陶品絲系列）
1923 高爾夫球場命案 The Murder on the Links（神探白羅系列）
1924 白羅出擊 Poirot Investigates（神探白羅系列）
1924 褐衣男子 The Man in the Brown Suit（神探雷斯上校系列）
1925 煙囪的祕密 The Secret of Chimneys（神探巴鬥主任系列）
1926 羅傑艾克洛命案 The Murder of Roger Ackroyd（神探白羅系列）
1927 四大天王 The Big Four（神探白羅系列）
1928 藍色列車之謎 The Mystery of the Blue Train（神探白羅系列）
1929 七鐘面 The Seven Dials Mystery（神探巴鬥主任系列）
1929 鴛鴦神探 Partners in Crime（神探湯米＆陶品絲系列）
1930 牧師公館謀殺案 The Murder at the Vicarage（神探瑪波系列）
1930 謎樣的鬼豔先生 The Mysterious Mr. Quin（神探鬼豔先生系列）
1931 西塔佛祕案 The Sittaford Mystery
1932 十三個難題 The Thirteen Problems（神探瑪波系列）
1932 危機四伏 Peril at End House（神探白羅系列）
1933 十三人的晚宴 Lord Edgware Dies（神探白羅系列）
1933 死亡之犬 The Hound of Death
1934 三幕悲劇 Three Act Tragedy（神探白羅系列）
1934 李斯特岱奇案 The Listerdale Mystery
1934 帕克潘調查簿 Parker Pyne Investigates（神探帕克潘系列）
1934 東方快車謀殺案 Murder on the Orient Express（神探白羅系列）
1934 為什麼不找伊文斯？ Why Didn't They Ask Evans?
1935 謀殺在雲端 Death in the Clouds（神探白羅系列）
1936 ABC 謀殺案 The A.B.C. Murders（神探白羅系列）
1936 底牌 Cards on the Table（神探白羅系列）
1936 美索不達米亞驚魂 Murder in Mesopotamia（神探白羅系列）

1937　巴石立花園街謀殺案 Murder in the Mews（神探白羅系列）
1937　尼羅河謀殺案 Death on the Nile（神探白羅系列）
1937　死無對證 Dumb Witness（神探白羅系列）
1938　白羅的聖誕假期 Hercule Poirot's Christmas（神探白羅系列）
1938　死亡約會 Appointment with Death（神探白羅系列）
1939　一個都不留 And Then There Were None
1939　殺人不難 Murder Is Easy/Easy to Kill（神探巴鬥主任系列）
1940　一，二，縫好鞋釦 One, Two, Buckle My Shoe（神探白羅系列）
1940　絲柏的哀歌 Sad Cypress（神探白羅系列）
1941　密碼 N Or M?（神探湯米＆陶品絲系列）
1941　豔陽下的謀殺案 Evil Under the Sun（神探白羅系列）
1942　五隻小豬之歌 Five Little Pigs（神探白羅系列）
1942　藏書室的陌生人 The Body in the Library（神探瑪波系列）
1943　幕後黑手 The Moving Finger（神探瑪波系列）
1944　本末倒置 Towards Zero（神探巴鬥主任系列）
1945　死亡終有時 Death Comes as the End
1945　魂縈舊恨 Remembered Death（神探雷斯上校系列）
1946　池邊的幻影 The Hollow（神探白羅系列）
1947　赫丘勒的十二道任務 The Labours of Hercules（神探白羅系列）
1948　順水推舟 Taken at the Flood（神探白羅系列）
1949　畸屋 Crooked House
1950　謀殺啟事 A Murder Is Announced（神探瑪波系列）
1951　巴格達風雲 They Came to Baghdad
1952　殺手魔術 They Do It with Mirrors（神探瑪波系列）
1952　麥金堤太太之死 Mrs. McGinty's Dead（神探白羅系列）
1953　黑麥滿口袋 A Pocket Full of Rye（神探瑪波系列）
1953　葬禮變奏曲 After the Funeral（神探白羅系列）

1954　未知的旅途 Destination Unknown
1955　國際學舍謀殺案 Hickory, Dickory, Dock（神探白羅系列）
1956　弄假成真 Dead Man's Folly（神探白羅系列）
1957　殺人一瞬間 4:50 from Paddington（神探瑪波系列）
1958　無辜者的試煉 Ordeal by Innocence
1959　鴿群裡的貓 Cat Among the Pigeons（神探白羅系列）
1960　哪個聖誕布丁？ The Adventure of the Christmas Pudding（神探白羅系列）
1961　白馬酒館 The Pale Horse
1962　破鏡謀殺案 The Mirror Crack'd from Side to Side（神探瑪波系列）
1963　怪鐘 The Clocks（神探白羅系列）
1964　加勒比海疑雲 A Caribbean Mystery（神探瑪波系列）
1965　柏翠門旅館 At Bertram's Hotel（神探瑪波系列）
1966　第三個單身女郎 Third Girl（神探白羅系列）
1967　無盡的夜 Endless Night
1968　顫刺的預兆 By the Pricking of My Thumbs（神探湯米＆陶品絲系列）
1969　萬聖節派對 Hallowe'en Party（神探白羅系列）
1970　法蘭克福機場怪客 Passengers to Frankfurt
1971　復仇女神 Nemesis（神探瑪波系列）
1972　問大象去吧！ Elephants Can Remember（神探白羅系列）
1973　死亡暗道 Postern of Fate（神探湯米＆陶品絲系列）
1974　白羅的初期探案 Poirot's Early Cases（神探白羅系列）
1975　謝幕 Curtain: Hercule Poirot's Last Case（神探白羅系列）
1976　死亡不長眠 Sleeping Murder（神探瑪波系列）
1979　瑪波小姐的完結篇 Miss Marple's Final Cases（神探瑪波系列）
1991　情牽波倫沙 Problem at Pollensa Bay
1997　殘光夜影 While the Light Lasts

國家圖書館出版品預行編目（CIP）資料

國際學舍謀殺案 / 阿嘉莎・克莉絲蒂（Agatha Christie）著 ; 徐燕軍譯. -- 二版. -- 臺北市 : 遠流出版事業股份有限公司, 2022.10
面； 公分. -- (克莉絲蒂繁體中文版20週年紀念珍藏 ; 22)
譯自 : Hickory, dickory, dock
ISBN 978-957-32-9749-9(平裝)

873.57 111013861

克莉絲蒂繁體中文版 20 週年紀念珍藏 22

國際學舍謀殺案

作者 / 阿嘉莎・克莉絲蒂
譯者 / 徐燕軍

主編 / 陳懿文、余式恕　校對 / 呂佳真
封面、內頁設計 / 謝佳穎　排版 / 連紫吟、曹任華
行銷企劃 / 舒意雯　出版一部總編輯暨總監 / 王明雪

發行人 / 王榮文
出版發行 / 遠流出版事業股份有限公司
地址 / 104005臺北市中山北路一段11號13樓
電話 / (02)2571-0297　傳真 / (02)2571-0197　郵撥 / 0189456-1
著作權顧問 / 蕭雄淋律師

2002年9月1日 初版一刷
2022年10月1日 二版一刷
定價 / 新臺幣380元 (缺頁或破損的書，請寄回更換)

ISBN 978-957-32-9749-9

遠流博識網 http://www.ylib.com　E-mail: ylib@ylib.com
遠流粉絲團 https://www.facebook.com/ylibfans

www.agathachristie.com